스메라기 히요코

illustration
Mika Pikazo

ep.4
옆 나라, 입 다물게 해 봤다 내 화염에 무릎 꿇어라, 세계여

Mission

먼 옛날부터 적대하는 국가, 조르꽝. 그 이웃 나라가
마왕군과 손잡고 갈도르시아를 습격했다.
우리나라의 영웅들이 그들을 막았지만, 조르꽝은 다
음 습격을 준비하고 있을 가능성이 크다.
동검 대원 호무라, 사이코, 진 및 비정규 대원 프로토,
츠츠미 총 5명에게 해당 사태의 대처를 명한다.
또한, 이 임무를 완수할 경우, 위 5명에게 은검 휘장
수여를 약속한다.

파르메아

내 화염에 무릎 꿇어라, 세계여

ep.4 옆 나라, 입 다물게 해 봤다

스메라기 히요코 지음

Mika Pikazo 일러스트

김장준 옮김

By My Flame the World Bows Down
The Neighboring Nation, Silenced

CONTENTS

정신 나간 녀석들 소개!

프로토

기계 생명체. 일본 기술자에게 미소녀 로봇으로 개조당한 외계산 기계. 지구보다 고도의 기술로 만들어졌지만, 무슨 일이든 힘으로 해결하려고 한다. 성격이 건방지다.

호무라

발화 능력자. 초능력으로 몸이 발화하는 소녀. 부대 안에서는 가장 상식적이라고 자부하지만, 마음 깊은 곳에서 어떤 욕망이 꿈틀대는데……?

사이코

메드 사이언티스트. 인체실험과 B급 영화를 좋아하고 이세계에서도 추악한 크리처를 만들려고 한다. 머리는 좋지만, 그 지력은 남을 놀리는 데 사용된다.

진

암살자. 일본의 어둠 속에서 암약하는
암살자 일족의 한 명. 악을 처단하는 것
말고는 관심이 없었지만, 이세계에 와
서 자기 실력을 시험하는 재미에 빠져
들고 있다. 쌀밥을 좋아한다.

츠츠미

생체 병기. 독가스 살포를 목적으로 한
병기였지만, 기능 부전으로 실패작 취급
받았다. 여린 분위기지만, 밥은 누구보
다 잘 먹고 주저 없이 사람을 죽인다.
부대의 마스코트.

프롤로그　얼간이의 아픔 나누기

By My Flame the World Bows Down
The Neighboring Nation, Silenced

"으아아, 시원해……."

호무라는 돌벽에 기대어 냉기를 느꼈다.

지하 감옥은 어둡고 꿉꿉한 습기로 차 있었다.

그래도 시원하다.

이 나라의 기후를 생각하면 생각만큼 불쾌한 공간은 아니었다.

……음울한 분위기만 빼면.

"재확인하자, 이 초커는 마력에 반응해서 착용자에게 격통을 줘."

사이코가 갑갑하다는 듯 목에 감긴 가죽 초커를 만졌다.

"빼려면 당연히 열쇠가 필요하고, 억지로 망가뜨리면 고통을 넘어서 사망이라고 했죠……?"

호무라는 두려워하며 초커를 조심조심 손가락으로 찔렀다.

이 세계의 일반적 구속 수단 중 하나는 주구다.

마법을 이용하면 물리적 구속에서 쉽게 탈출할 수 있기 때문이다. 그래서 착용자의 마법에 반응하는 주구가 구속

수단으로 선택됐다.

"끔찍한 상황인데 정말로 괜찮은 거예요?"

"나를 믿어. 실패해도 최악의 경우 처형당할 뿐이야."

"최악의 경우가 정말로 최악이잖아요!"

철창 안에는 호무라, 사이코, 진, 프로토 네 명이 갇혀 있고, 한 미녀가 감옥 밖에서 네 사람을 지켜봤다.

"그래도 조르광은 더우니까 시원한 지하 감옥이 편하긴 하네요. 축축한 건 싫지만."

"제습기라도 설치해 달라고 할까."

"있을 리가 없잖아요."

조르광은 기후상 빈말로도 살기 좋은 곳은 아니었다.

밖에서는 살을 태우는 햇살이 쏟아졌다. 온도**만** 놓고 보면 지하 감옥은 쾌적한 공간이라고 할 수 있었다.

하지만 딱딱한 벽과 바닥밖에 없는 감옥은 종합적으로 보면 쾌적함과는 거리가 먼 환경이었다.

햇빛이 들지 않고 조명은 약한 광석등 조명뿐. 환기가 안 돼서 공기도 탁했다.

갈도르시아가 그리웠다.

작전의 일환으로 투옥됐을 뿐이지만, 밝았던 기분도 점차 가라앉았다.

그리고 그런 분위기를 깨는 것이 사이코의 역할이었다.

"저주가 얼마나 아픈지 누가 확인해 봐."

뜬금없는 제안이었다.

"또또또 이상한 소리 한다……."

그리고 「누가」라고 말하면서 그 눈은 호무라를 보고 있었다.

"……왜 쳐다봐요! 궁금하면 직접 하든가요!"

시선의 의미를 이해하고 호무라는 거부했다.

바보의 바보짓에 말려들 수는 없는 노릇이다.

"싫어! 뭐가 아쉬워서 그걸 직접 해!"

물론 사이코도 거부했다. 자기가 꺼낸 이야기면서.

"아픈 걸 알면서 왜 굳이 해야 해요?"

"지적 호기심과 지적 가학심을 채우려고."

사이코가 정색하고 대답했다.

"지적 가학심은 또 뭐예요……."

부조리한 요구에 기가 막혀 한숨밖에 나오지 않았다.

다만, 『지적 가학심』이 뭔지는 알고 싶다. 정말로 뭘까?

여기서 사이코의 계략이 발동했다.

"이 임무가 성공하면 프로토와 츠츠미도 정식 대원으로 임명돼. 인간이 아니면 받아 주지 않는 갈도르시아에서 형식적으로나마 『있어도 된다』라는 허락이 떨어지는 거야. 좋아 있을 때가 아니잖아!"

"그건…… 그렇죠."

두 사람을 위해서.

호무라는 수긍하고 한순간 넘어갈 뻔했다.

"아니, 그래서 왜 제가 하냐고요! 그런 이야기를 해도 안 속아요!"

"어쩔 수 없구만. 그럼 가위바위보 해서 진 사람이 하자. 그러면 공평하지? 나도 질 수 있으니까."

사이코의 눈빛은 진지했고 목소리에서는 각오가 느껴졌다.

"……가위바위보라면 뭐, 좋아요."

사이코가 웬일로 양보까지 하자 호무라는 「그냥 안 하면 안 되나?」라는 생각을 미처 하지 못했다.

"한다고 했다?"

승낙을 받아낸 사이코는 표정 하나 바꾸지 않고 기뻐했다. 호구네, 이 녀석.

"진, 너도."

"싫다."

반면, 진은 단칼에 거절했다.

어설픈 수작에는 넘어가지 않는다.

"실제로 이건 중요한 문제야. 세상사 어떻게 될지 모르는데 조금이라도 알아 둬야지."

그럴싸한 이유를 갖다 붙여 본다.

"……흠."

그럴싸한 이유를 대자 진의 마음이 살짝 흔들렸다.

"츠츠미와 프로토는 빠져. 안 통하니까."

"하라고 해도 안 해~."

"츠츠미랑 프로토는 무슨 혼 때문에 통하지 않는다고 했죠?"

"프로토는 혼의 성질이 우리랑 아예 딴판이고, 츠츠미는 혼의 재생력이 너무 강한 데다가 저주에든 고통에든 내성이 있어. 그러니까 조건이 같은 우리 세 사람끼리 시험하자는 거지. 미리 말하는데, 두 사람을 위해서라는 건 진심이야."

마지막 말은 호무라를 향한 설명이라기보다 진을 향한 설득이었다.

"……그렇게까지 말한다면 참가하지."

은근슬쩍 자신이 질 확률을 낮추려고 진까지 끌어들인 사이코는 속으로 쾌재의 미소를 지었다. 호구네, 이 녀석들.

"그럼 한다. 가위, 바위—!"

결과, 사이코가 졌다.

"아, 이거 삼세판이었지?"

자연스럽게 규칙을 바꾸려고 시도한다.

"아뇨. 사이코 씨로 확정이에요."

"제엔장……. 이딴 바보 같은 제안을 하는 게 아니었는데……."

진심으로 후회막심해 보였다.

"누가 아니래요."

"멍청한 것."

경멸의 시선을 받는 사이코의 눈에 눈물이 고였다.

"그렇게 내가 괴로워하는 꼴을 보고 싶냐! 그게 너희 소원이냐고!"

"그런데요?"

악어의 눈물도 흘릴 줄 알다니, 쓸데없이 연기력이 좋다.

"어떻게 그렇게 심한 말을! 우리는 동료잖아!"

"그런데요?"

뭐가 문제냐. 호무라의 얼굴은 진지했다.

"젠장, 동료라고 생각한 건 나뿐이었냐……."

"알았으니까 빨리 해~. 사이코가 괴로워하는 거 보고 싶어~."

프로토도 기대가 큰 모양이었다.

"알았다, 알았어! 하면 되잖아!"

고까운 눈빛을 보내면서도 사이코는 결심을 굳혔다.

"남한테 시키려고 했으면서 자기는 왜 이렇게 뻗대나 몰라요."

"바보니까."

"응, 바보니까."

걱정하는 사람은 아무도 없었다.

"에효, 아무 치유 마술이나 걸어 볼까."

사이코는 자기 가슴에 손을 대고 주문을 외었다.

"《신의 이름ㅇㅇㅇㅇㅇㅇㅇㅇㅇㅇㅇㅇ아아아아아아아아아아—!"

주문의 첫 소절을 왼 순간, 초커에 검은 불똥이 튀고 격통이 사이코를 덮쳤다.

"흐헤헷."

절규하면서 바닥을 뒹구는 사이코를 보고 호무라는 괴상한 웃음이 터지고 말았다.

"남이 아파하는 꼴을 보려다가 벌받은 거예요."

"바보가 제 발등을 찍는 건 왜 이렇게 웃길까?"

"진짜 아파아아아아아아아아아아아아아아—!"

동료들이 빈정대는 소리가 귀에 들어오지 않을 정도의 고통이었다.

"이만큼 아파하는 걸 보면 구속구로 쓸 만하네요."

참을 시도조차 하지 못하고 몸부림치는 사이코를 보자 확신이 들었다.

"강한 사람을 어떻게 감옥에 가둬 두는지 궁금했는데, 다 방법이 있었네요. 좋은 걸 배웠어요."

숭고한 희생 덕분에 귀중한 정보를 얻었다.

딱히 숭고하지 않을지도 모르지만.

"아야야야……."

아픔이 좀 가셨는지, 사이코는 한심한 소리를 내며 몸부림을 멈췄다.

"지적 가학심을 채워서 즐거웠어요."

마음으로 이해했다.

이게 지적 가학심인가.

"까불고 있어, 패 버릴라……."

사이코는 쓰러진 채로 힘없이 주먹을 들었다.

하지만 호무라는 여유작작한 표정이었다.

"감당할 수 있겠어요? 제 불은 초능력이라서 마력으로 조종하지 않으면 주구가 발동하지 않는데요?"

호무라는 입가에 냉소를 띠며 손으로 불을 밝혔다.

"즉, 여기서는 제가 더 우위이이이이이이이이이이아 야야야야야야야야야야―!"

호무라의 초커에서 검은 불똥이 튀었다.

사이코는 절규하며 나뒹구는 호무라를 내려다봤다.

"바보냐? 네 불 내성은 《불막이 옷》이라는 가호 덕분이잖아. 뜨거우면 자동으로 발동하는 마법이니까 당연히 그렇게 되지."

"깜빡했어요오오오오오오오오오오오오―!"

"어디서 이런 이해하지 못할 얼간이들만 모아 놨을까."

냉담하게 말하면서도 진의 입꼬리는 미세하게 올라가 있었다.

호무라와 사이코는 한순간 서로 눈을 맞췄다. 그것만으로 뭘 하려는지 서로 이해했다.

"와, 너무 아파. 이거 버티는 인간 있으면 진짜 존경한다. 비범한 인내심이야."

"그러게요. 이건 진 씨라도 못 버틸 수준이에요."

두 사람은 진에게 눈길을 돌렸다.

"뭐라고……?"

진의 눈가가 움찔거렸다.

"안 돼요, 시험하면! 절대로 못 버텨요! 안 한다고 겁쟁이라고 생각하지 않으니까 무리하지 마세요!"

필사적으로 막으려는 척하는 호무라에게 진이 코웃음 쳤다.

"얕보지 마라. 나는 고통을 견뎌 보이겠다. 그리고 그대들이 얼마나 나약한지 증명해 주지."

진은 자신만만하게 웃고는 몸에 마력을 담아서 《신체 강화》를 썼다.

"흡! 음아아아아아아아아아아아아아아아아아—!"

아니나 다를까, 진은 고통에 몸부림쳤다.

호무라와 사이코가 웃었다.

"예~이, 걸렸네요!"

"바보래요, 바보~!"

"내 이것들을 그냥……!"

즉시 부활한 진은 감옥 안에서 두 사람을 쫓아다녔다.

"정말로 이런 바보들이랑 같이 다녀도 될까, 츠츠미."

지금까지 잠자코 바보들의 향연을 구경하던 프로토가 츠츠미에게 물었다.

"그래도, 재밌는데……?"

하지만 그 말에 대답한 사람은 감옥 밖에 있는 미녀였다.

"응, 재미는 있지."

얼마 후, 진의 제재가 끝났다.

"아야야……. 나라 함락에는 이런 고통도 동반하는구만."

두 사람은 쥐어박힌 머리를 감싸고 있었다.

"고통은 사이코 씨가 허튼소리를 꺼낸 탓이구요."

"그래도 저주가 어떤 건지 알았잖아?"

"네네, 아파 죽는 줄 알았지만요. 두 번 다시 느끼기 싫어요……."

전신에 퍼진 격통은 아직 몸에 이질감을 남기고 있었다.

"이러지 말고 앞으로 어떻게 할지나 진지하게 생각해 봐요."

"난 진지했는데."

"입에 침이나 바르고 말해요……."

진지했으면 진에게 제재당하지도 않았다.

"나 참, 어쩌다 이렇게 됐지."

호무라는 사건의 전말을 되짚어 봤다.

왜 그들이 이웃 나라의 지하 감옥에 있는지를.

1장 세계의 절반

By My Flame the World Bows Down
The Neighboring Nation, Silenced

"마왕군에 들어오지 않겠어?"

피로해 보이는 마족 남성— 흙덩이의 왕은 그렇게 말했다.

자기가 생각해도 기가 막힌 아이디어라는 양 그 얼굴에는 자신감이 번져 있었다.

"농담하지 마세요!"

호무라는 소리쳤다.

농담을 하려면 재미라도 있어야지.

이건 불쾌하기만 했다.

"농담 아니야. 정말로 진지하게 하는 말이지. 아까도 말했잖아? 이런 나라에서 죽을 때까지 이용당할 바에는 우리 쪽에 붙는 게 낫다고."

흙덩이의 태도는 흔들리지 않았다.

그리고 다 안다는 것처럼 아픈 곳을 찔렀다.

"이용당하는 거…… 아니에요…….

대답하는 호무라의 목소리는 약해질 수밖에 없었다.

이웃 나라 조르광의 습격을 막은 공로자로서 호무라 일

행에게는 은검 휘장이 수여될 예정이었다.

하지만 그것도 조건부. 은검 휘장을 받고 싶으면 적국 조르광을 함락하라는 지령이 내려왔다.

눈앞이 깜깜해질 만큼 불합리한 요구.

아마 자신들이 모두 기피 대상이기 때문에 충성심을 시험하려는 의도라고 사이코는 추측했다.

조르광은 갈도르시아와 충돌할 때 자국 병사를 보내지 않았지만, 그 전 단계인 요새 도시 워트림을 점령할 때는 병사를 동원했다.

마왕군의 위치를 알 수 없는 지금, 갈도르시아 상층부는 일단 파악된 적부터 신속하게 처리할 생각이었다.

실제로 갈도르시아의 주력인 시그렛과 지스카는 아직 저주의 영향이 남아 상태가 온전치 못했다.

조르광 자체의 병력은 우려할 수준이 못 되지만, 서둘러 함락하지 않으면 어떻게 움직일지 알 수 없었다.

여기서 때마침 꺼낼 수 있는 카드가 호무라 일행이었다.

주교 파르메아는 이 지령에 찬성하지 않았지만, 정치란 그녀 한 명의 의견으로 결정되지 않는다. 군사와 종교를 총괄하는 파르메아라도 국정을 혼자서 좌지우지할 수는 없는 법이다.

여느 때처럼 물밑 작업이나 설득으로 무마할 수도 없었다. 못 본 척하기에는 너무 큰 공적을 세워 버렸다.

국정을 맡은 의회 녀석들이 입을 모아 견제하는 탓에 파르메아도 어쩔 수 없이 호무라 일행에게 이 임무를 부탁한 것이었다.

"묘안이라고 생각하는데."

흙덩이는 그런 사정을 꿰뚫어 보고 권유했다.

실제로 갈도르시아 의회는 호무라 일행을 위험시했고, 이용한 뒤 없앨 수 있다면 그럴 작정이었다.

하지만 거기에 반박하는 자가 있었다.

"멍청아, 우리는 안 죽어. 그런다고 죽어 줄 위인이 아니거든. 오히려 나라가 망할 때까지 이용해 먹어야지, 하고 싶은 일을 하기 위해서."

사이코는 당당하게 말했다.

"······그게 된다면 말이지."

흙덩이는 확신에 찬 태도를 굽히지 않았다.

"너야말로 동료가 필요하면 조르광에 기대면 되잖아."

당연한 의문이었다.

그들과 한 번 협력했으면서 두 번은 기대지 않으려고 한다.

그것이 마왕의 의지인지, 이 남자의 의지인지 모르겠지만, 행동에 일관성이 없었다.

사이코는 뭔가 숨기는 것이 있다고 생각하며 경계했다.

"방금 말했지? 그쪽은 믿을 수 없다고. 무엇보다 마음에 안 들어. 어느 쪽이건 내 개인적인 이유지만, 나는 내 나름의 방식으로 마왕을 돕고 있어."

개인의 의지라고 한다.

마왕의 의지도 아니고, 마왕군의 총의도 아니라.

사이코는 점점 더 수상하게 생각했다.

"우리는 믿을 수 있고?"

"아니."

망설임 없는 부정.

"아직은……."

그리고 그렇게 덧붙였다.

"너희도 믿을 수 없는 녀석이랑 손잡기 싫잖아? 그러니까 억지로 끌어들일 생각은 없어. 필요한 건 동료지, 단순한 병사가 아니니까."

이런 짓을 벌여 놓고 흙덩이는 서로의 신용을 중시했다.

"그 첫걸음으로 성벽을 고쳐 줬는데 안 먹히는군. 에휴, 서글프네."

흙덩이의 왕은 과장되게 어깨를 으쓱였다.

이번 습격은 갈도르시아에 깊은 상처를 남겼고 복구하려면 많은 시간이 걸린다. 그중에서도 가장 중요하다고 할 수 있는 성벽 수리를, 이 남자는 눈 깜짝할 사이에 끝내 버렸다.

그것이 신용을 얻기 위한 첫걸음이라는 이유로.

그래도 그가 벌인 사건을 용서할 수 없는 호무라는 눈을 험악하게 떴다.

"그럼 처음부터 공격하지 말라고 말하고 싶겠지? 우리한 테도 이런저런 사정이 있어서 그래. 그렇게 노려보지 마."

하지만 말과 달리 흙덩이의 말투는 담담했다.

이 남자는 항상 여유를 부린다. 호무라에게는 그렇게 보였다.

"당신들 사정은 알 바 아니에요. 마왕이라면 마왕답게 자기 손으로 세계를 지배하면 되잖아요? 선대 마왕은 갈도르시아를 함락할 뻔했다면서요?"

선대 마왕은 갈도르시아를 함락 일보 직전까지 몰아붙였다고 들었다. 마왕이란 그토록 강력한 존재가 아닌가.

그렇게 생각했지만…….

"그 녀석도 너희처럼 아직 미숙해. 그러니까 힘이 되어 달라는 얘기야."

"마왕인데…… 미숙?"

한순간 맥이 풀리고 말았다.

최종 목표라고 생각하던 마왕이 아직 미숙하다.

생각해 보면 지금까지 일어난 소동은 마왕 본인이 아니라 마왕의 주혈을 사용한 결과거나 마왕군이 주도했다.

마왕 본인이 미숙하다면 단순한 병사가 아니라 믿을 만한 동료를 원한다는 이야기도 조금은 이해할 수 있었다.

마왕군은 흉악한 행보를 보이고 있지만, 의외로 해 볼

만한 싸움이 아닐까?

"아직 미숙하다면 지금 싹을 잘라야겠네."

사이코도 그렇게 생각하고 압박을 가했다.

하지만 상대는 눈썹 하나 까딱하지 않았다.

"그러고 싶다면 그래도 되지만, 나도 진심으로 싸울 거다. 지금 당장 이 나라를 흙으로 묻어 버릴 수도 있어."

다섯 명에게 긴장감이 퍼졌다.

"하하, 농담이야. 그럴 의욕도 없어."

"못하는 건 아니다…… 이 말이지?"

그의 대답은 능력의 유무가 아니라 의욕의 문제였다.

속을 헤아릴 수 없지만, 성벽을 순식간에 고치는 능력을 목격한 직후였다.

그라면 정말로 가능할지도 모른다.

호무라 일행에게도 거절할 권리는 있지만, 섣불리 선택할 수 없는 것도 사실이었다.

"인력도 부족하고 마왕도 미숙하다고 했지, 내가 약하다고는 한마디도 안 했어. 우리에게는 대적해도 상관없지만, 그 꼬맹이만큼은 안 돼."

"너무 제멋대로군."

"그건 나도 잘 알아."

"그렇게 강하면 직접 세계를 정복하면 되잖아요? 왜 마왕이나 조르광, 우리한테 기대요?"

방금 한 말이 사실이라면 이 남자도 선대 마왕에게 버금 갈 만큼 강하다. 그런데 왜 남한테 기대면서까지 마왕이 세계를 차지하도록 도울까.

　"이것도 아까 말했잖아. 남의 말을 경청하는 습관을 들 이지 않으면 어른 돼서 고생한다?"

　"훈계……?!"

　평범하게 잔소리 들었다.

　"나는 세계를 지배할 마음이 추호도 없어. 늙은이는 미 래 창창한 젊은이에게 길을 열어 주면 충분해. 아아, 그러 고 보니 이 세계는 『신』이라는 최고참 늙은이의 소유물이 었지. 다음에 만나면 젊은것들을 위해 길을 좀 양보하라고 전해 줘."

　"알았어."

　사이코가 즉시 대답했다.

　"순순히 받아 주지 마세요, 사이코 씨……."

　바로 요구에 응하는 사이코에게 기가 막혀 따졌다.

　"나이 들면 머리가 굳게 마련이야. 젊은 사람이 지적해 줘야지."

　"그게 신한테도 통하는 논리예요……?"

　완벽하게 의지할 수 있는 존재……까지는 아닌 창조신을 떠올리며 호무라도 왠지 그럴듯하다는 생각이 들었다.

　외모에 속을 것 같지만, 일레네는 인간보다 훨씬 나이가 많았다. 사고방식이 굳어 있어도 이상하지 않다.

"하지만 해치우려면 지금이 기회란 것도 확실해. 마시면 마물로 변하는 주혈이 있는 시점에서 선대보다도 성가시지만, 언젠가는 그 녀석 본인의 전투 능력도 선대에 필적하겠지."

"선대보다도……?"

호무라의 등줄기에 오한 같은 것이 퍼졌다.

갈도르시아 서쪽에는 선대 마왕이 남긴 흉터가 있었다. 그것은 「계곡」이라고 불러도 무방한 수준이었다.

선대 마왕은 말 그대로 대지를 갈랐다.

현재 마왕도 그와 동등한 힘을 갖게 된다. 흙덩이는 그렇게 말했다.

"하지만 너희도 장래성이 있어. 마물을 눈엣가시로 여기는 갈도르시아가 너희를 품어 주는 것도 호국 성순장에 맞먹는 장래성이 있어서 아니야? 파르메아 곁에 마족을 두는 건 원래 상상도 할 수 없는 일이라고."

흙덩이의 추측은 날카롭지만, 호무라 일행이 이세계에서 소환된 사실까지는 모르는 듯했다. 당연한 얘기지만.

"맞먹는……? 눈이 삐었냐, 우리는 그걸 넘어설 인재지."

하지만 그 추측에도 만족하지 못한 것처럼 사이코가 큰소리쳤다.

흙덩이는 그 호기로움에 웃었다.

"하하하! 더더욱 마음에 드는군. 너희 수준의 실력이면 세계를 정복했을 때 세계의 절반이라도 떼 줘야 하나? 꼬맹이한테도 잘 말해 줄게."

"웃기지 마세요!"

호무라가 소리쳤다.

사람을 얼마나 무시할 셈인가.

"우리가 싸우는 이유는 세계의 절반을 원해서가 아니에요!"

"그래, 우리가 원하는 건—."

사이코도 흙덩이의 왕을 당돌하게 노려봤다. 그리고 두 사람은 함께 외쳤다.

"전부예요!""전부다!"

"농이나 할 때냐, 천치들."

보다 못한 진이 두 사람의 머리를 쥐어박았다.

흙덩이는 한순간 어리벙벙한 표정을 짓더니 폭소했다.

"으하하하하하하! 나를 웃겨 죽이려고 작정했냐! 수백 년 만에 이렇게 웃어 보는군! 오래 살고 볼 일이야! 크흐흐, 웃음이 안 멈춰……."

흙덩이는 웃느라 잠시 말을 잇지 못했다.

"후우…… 배 아파…….'"

웃다 지친 흙덩이가 다시 침착함을 되찾고 본론으로 돌아왔다.

"의외로 너희한테도 마왕이 될 소질이 있는 거 아냐? 미래가 참 기대되는구만."

흙덩이는 젊은이가 만들 미래를 생각하며 기대에 부풀었다.

"젊은이는 자고로 이래야지."

여기서 세계의 절반을 얻는다는 것이 어떤 의미인지 찬찬히 생각하던 츠츠미가 이야기에 끼어들었다.

"세계의 절반…… 여러 음식, 배부르게 먹을 수 있어……?"

츠츠미는 미지의 음식으로 상상의 나래를 펼치고 있었다.

"그래, 마음껏 먹을 수 있지. 원한다면 너를 위해서 전 세계 먹거리 투어를 기획할 수도 있어."

"우와……!"

츠츠미는 그 말에 홀린 것처럼 휘청휘청 흙덩이에게 다가갔다.

"앗, 츠츠미의 마음이 흔들리고 있어! 속으면 안 돼. 그건 마왕에게 이겨도 할 수 있는 일이니까! 음식으로 낚으려고 하다니, 비겁해요!"

호무라는 필사적으로 막으려고 하지만, 어깨를 잡아도 조금씩 끌려갔다. 휘청거리는데도 의외로 힘이 강하다.

그때, 흙덩이가 문득 교회 방면으로 눈을 돌렸다.

"응?"

그리고 무슨 생각인지 콧방귀를 뀌었다.

"슬슬 돌아갈까. 오래 있을 필요는 없으니까. 일단 말해 두겠는데, 나와 만났다고 함부로 말하지 마. 가뜩이나 좁은 입지가 더 좁아져. 아니, 좁아지는 편이 낫나? 우리 쪽으로 올 확률이 높아지니까."

"꺼져, 인마. 그리고 다시는 얼굴 들이밀지 마."

"안 됐지만, 가끔 얼굴 비칠 예정이야. 어떻게든 포섭하고 싶어졌거든. 마왕도 너희를 좋아할 테고."

"우리는 굴복하지 않아요."

"그래, 그 정도 기개는 있어야지."

반발해도 흙덩이는 되레 기뻐했다.

그의 몸이 서서히 모래로 변해 무너져 내린다.

"마지막으로 말해 두겠는데, 누구 아래에서 일할지 잘 생각하고 골라. 이건 연장자로서 하는 충고야."

충고하는 흙덩이의 표정에는 늘 보이던 경박함이 없었다.

"뭐라고?"

"너희도 언젠가 내 마음을 이해할 거다. 그럼 간다."

그 말을 끝으로 모래가 된 흙덩이는 바람에 날려 사라졌다.

"『누구 아래에서 일할지』? 우리가 누구 아래에서 일하는 것처럼 보였나?"

바람에 날리는 모래를 보며 프로토가 말했다.

"저 녀석, 진짜 눈이 삐었네."

"우리는 우리니까요."

다섯 명은 하고 싶은 대로 하기 위해서 갈도르시아에 있을 뿐이었다.

갈도르시아의 말을 듣는 것은 목적이 아니라 수단이었다.

"기묘한 사내로군."

진이 조용히 중얼거렸다.

"그러게요. 저 별난 사람, 다음에 만나면 도자기가 될 때까지 구워 버릴 거예요."

"그런 말이 아니다."

진은 석연치 않은 얼굴로 호무라의 착각을 바로잡았다.

"신기하게 선하다는 느낌도, 악하다는 느낌도 들지 않았어."

생각해 보면 진은 한 번도 칼을 뽑으려고 하지 않았다.

"아무리 진 씨라도…… 그건 못 믿겠네요. 이런 짓을 벌였는데."

호무라는 쑥대밭이 된 갈도르시아를 내려다봤다.

2장 밤하늘에 고향은 없다

By My Flame the World Bows Down
The Neighboring Nation, Silenced

결국 흙덩이에 관해서 보고하지 못한 채 며칠이 지나, 조르광으로 출발할 날이 찾아왔다.

"정말로 보고하지 않아도 괜찮을까요……?"

호무라는 걱정이었다.

그런데 나라를 떠나기 전에 파르메아가 일행을 신탁의 방으로 불렀다.

보고할 기회였다.

이참에 말해 버릴까? 그렇게도 생각했지만, 흙덩이 말대로 입지가 더 좁아지는 것도 두려웠다.

교회에 들어서자 평소 신성하게 느껴지던 성당이 오늘따라 위압적으로 보였다. 위에서 내려다보는 스테인드글라스가 자신을 책망하는 느낌마저 들었다.

"마왕군 간부가 접촉해 왔어요, 라고 바보처럼 말하게?"

"그건 아니지만, 모른 척하기도 좀 그래서……."

"말할지 말지는 내가 판단해. 가만히 있는 것도 내 지시라고 생각해. 넌 걱정할 필요 없어."

호무라는 사이코의 제안에 놀랐다.

"그건 사이코 씨가 모든 책임을 지겠다는 말이잖아요?"

"잘 아네."

사이코는 당연하다는 듯이 책임을 지겠다고 말했다.

호무라는 그 각오가 미덥잖으면서도 존경스러웠다.

자신이 할 수 없는 일을 사이코는 태연하게 해낸다.

"또 폼 잡는다……. 책임이라면 같이 지어요, 동료잖아요."

하지만 동시에 쓸쓸하기도 했다.

─동료니까 의지해 줬으면 좋겠다.

"무슨 소리야? 너보다 내가 생각하는 게 낫다는 소린데."

"그렇게 말하면 반박을 못 하겠네요!"

정말로 반박할 말이 없었다.

신탁의 방에서는 파르메아가 기다리고 있었다.

"미안해, 일이 이렇게 되어 버려서."

파르메아의 얼굴은 제대로 보이지 않아도 목소리로 미안함이 전해졌다.

"에이, 뭘요. 츠츠미랑 프로토가 정식 대원이 될 수 있다면 아무것도 아니에요."

"그렇게 말해 줘서 고마워."

"정식 대원이라……. 실제로는 뭐가 어떻게 바뀌어?"

정작 프로토는 별 관심이 없어 보였다.

"처지가 나아져. 휘장을 달고 있으면 대놓고 싫은 소리는 하지 않을 거야. 바꿔 말하면, 겨우 그 정도긴 하지만."

"아아."

프로토는 무심하게 맞장구쳤다.

"구르도프 씨가 전달했겠지만, 내가 다시 이번 임무를 설명할게."

임무 내용을 정리해 주려고 불렀나 보다.

무슨 말을 들을지 긴장하던 호무라는 안도했다.

"너희에게 함락하라고 명령한 나라, 조르광은 워트림의 먼 동쪽에 있어. 워트림을 넘으면 마을이 없으니까 며칠 동안 야영을 해야 할 거야. 물론 마수를 경계하면서. 조르광 인근은 옛날에 위험한 마수가 출몰했다는 전승이 있어. 뭐가 나올지 알 수 없으니까 긴장을 풀지 마."

"안 그래도 야영 경험이 없는데 마수까지 경계하면서…… 괜찮을까요?"

야영. 호무라에게는 인연이 없는 말이었다.

갈도르시아 주변 마을은 마차로 하루 안에 도착하는 곳에 위치했다. 마을에서 벗어나면 그만큼 야간 행동이 위험하기 때문이었다.

"사실 섬검대는 야영 훈련도 하지만, 너희는 바빴으니까 어쩔 수 없지."

조르광 원정이 결정된 뒤에도 호무라 일행은 복구를 돕

느라 시간이 없었다.

"마수 사냥 임무도 마을에서 당일치기로 갈 수 있는 거리였죠."

"섬검대라면 언젠가 거점에서 멀리 떨어진 곳으로 토벌 임무를 나갈 테니까 이번 기회에 조금이라도 익숙해져."

계급이 오르면 마을에서 멀리 나가는 임무도 배정받는다. 하지만 호무라 일행은 가장 말단인 동검 휘장이라서 임무를 받아도 마을 근처를 벗어나지 않았다.

"불안하네요⋯⋯."

여러 과정을 빼먹고 섬검대로 활동하던 폐단이 드러났다.

"그래도 이번에는 동행인이 익숙하니까 괜찮아."

"동행인?"

오렐리크로 갈 때 아레스 부대와 함께한 이후 첫 동행인이었다.

호무라는 별일이라고 생각하는 동시에 아는 사람이기를 기대했다.

"응, 워트림이 점령됐을 때 도망쳐 온 사람이 있다는 얘기 들었지?"

"네. 빠져나온 사람이 있다는 것 정도는."

호무라는 고개를 끄덕였다.

그리고 아는 사람이 아니라고 확신했다.

"그게 우리 첩보 부대 《암월》이야."

"첩보 부대도 있었나요……."

"후후, 있지."

그러고 보니 암살 부대도 있다고 하지 않았던가. 생각보다 눈에 보이지 않는 부분이 있다고 느끼고 호무라는 덜컥 겁이 났다.

"그들은 조르광에 잠입해서 동향을 감시하고 있었는데, 마침 워트림으로 돌아왔을 때 마을이 기습당했다고 해. 그들이 소식을 전해 주지 않았다면 저번 전쟁도 대응이 늦어졌을 거야. 그 이야기도 가는 길에 직접 들어 봐."

"나라를 지킨 숨은 주역이네요."

"……그렇지."

병력 배치는 호국 성순장이 전선에 서는 것만으로 어느 정도 해결되지만, 피난은 그렇게 간단하지 않다.

당시 피난소인 의성(議城)에는 많은 사람이 몰려들었다. 당연히 수용이 끝날 때까지는 시간이 걸린다. 그 시간을 확보할 수 있었던 것은 첩보 부대가 가져온 정보 덕분이었다.

말 그대로 숨은 주역이라고 할 수 있겠다.

"조르광은 세 마족이 인간을 노예로 부리는 나라야. 총명한 히노메네코(陽目猫)족, 괴력을 자랑하는 아케지시(緋獅子)족, 그리고 귀여운 이와야네즈미(窟鼠)족이 있어."

하나는 똑똑하고, 하나는 강하고, 하나는…… 귀엽다.

"적인데 귀여운 종족이 있나 보네요. 싸우기 껄끄럽겠

네······."

그런 상대와 싸워야 하는가.

"걱정하지 마. 마족이 인간을 지배하는 구조지만, 실질적으로 히노메네코족이 나라를 통치하고 있어. 그 히노메네코족을 지키는 아케지시족만 처리하면 임무는 거의 달성했다고 봐도 돼."

"생각보다 편하다······는 말인가요?"

"그리고 너희가 더 강해. 조르광이 지금까지 직접 쳐들어오지 않았던 이유도 실력 차이 때문이야. 그러니까······ 힘내!"

파르메아는 난제를 떠맡은 호무라 일행을 애써 격려하려고 했다.

"저도 걱정하고 싶진 않지만, 주혈을 마셨으면 어쩌죠······?"

주혈을 마시고 말도 하지 못하는 군단으로 변모한 워트림 사람들을 떠올렸다.

"그럴 확률은 낮아. 그걸 마시고 싸울 생각이었으면 진작 쳐들어왔겠지."

"맞아. 조르광은 아마 마왕군의 다음 지원을 기다리고 있을 거야. 주혈은 혈액이니까 아마 준비하는 데 시간이 걸릴 거야. 이번 습격에서 그만큼이나 써 버리기도 했고."

한 마을의 주민을 모조리 마물로 바꿨다. 그만큼 많은 피를 썼다는 말이다.

비축분이 있다면 바로 사용해서 갈도르시아가 약해진 틈

에 밀어붙여야 했다.

그러지 않았다는 건 아직 여유가 있다는 뜻이었다.

"그렇게 생각하면 이번 습격은 반드시 성공시킬 작정으로 시작했을 거야. 이렇게 대대적으로 움직였으니까."

"우리가 예상 밖이었겠지."

"일레네, 우리를 부르길 잘했죠?"

"누가 아니래."

상대는 호국 성순장과 파르메아만 없으면 갈도르시아가 무너질 것이라고 예상했으리라.

"적의 계획이 무산된 지금이 반격할 기회야. 어디 사는 누군가가 무슨 까닭에선지 성벽을 고쳐 주기도 했고. 함정일지도 모르지만, 이 기회를 놓칠 수는 없어."

"누누누, 누가 했을까요~?"

호무라의 눈이 심상치 않은 속도로 휙휙 돌아갔다.

파르메아는 그것을 보고 피식 웃을 뿐이었다.

성벽을 고친 자가 흙덩이의 왕이라는 가능성은 당연히 고려했을 것이다. 구르도프조차 그렇게 생각했다.

거기에 더해 그가 자신들과 접촉했을 가능성까지 염두에 두고 있다면?

아니기를 바라지만, 굳이 「어디 사는 누군가」라고 언급하는 것을 보면 이미 다 알고 있다는 생각도 들었다.

호무라는 필사적으로 화제를 돌렸다.

"그건 그렇고! 역시 나라를 함락하려니까 마음이 무겁네요."

여러 긴장감으로 식은땀이 줄줄 흘렀다.

"꼭 몰살하라는 뜻은 아니야. 더 이상 쳐들어오지 않게 혼만 내 주면 돼."

"그것도 부담스러워요……."

쳐들어올 엄두를 내지 못하게 기세를 꺾으라는 말이겠지만, 구체적으로 뭘 어떻게 하라는 건지…….

"자, 고민은 그만. 동행할 《암월》 대원이 동문에서 기다려."

동행인이 이미 대기 중인가 보다.

마음의 준비도 채 마치지 못했거늘 슬슬 출발해야 할 분위기였다.

"모르는 사람과 여행……."

"초면이라서 불안할 테니까 어떤 사람인지 확실히 파악해 둬."

파르메아는 계속해서 기운을 북돋으려고 하지만, 왠지 웃음은 엷어졌다.

이상하게 생각하면서도 사람이 기다린다는 말에 교회를 떠나려고 했다.

"그럼 다녀올게요."

"그래, 다녀와."

발길을 돌리려던 그때, 사이코가 문득 생각난 것처럼 말했다.

"아, 맞아. 미래 창창한 젊은이한테 길을 좀 양보하라고 신한테 전해 줘."

"후후, 꼭 전할게."

일레네는 파르메아를 통해 세계를 본다. 하지만 최근 통 보이지 않아서 호무라는 걱정하고 있었다.

"요즘 일레네가 안 보이던데 괜찮아요?"

파르메아는 난감한 표정을 보였다.

"지금은 세계를 유지하는 데 전념하는 거 같아. 일레네 와 세계의 연결이 약해졌거든. 일레네가 이 세계— 이데알 에 간섭하려면 신앙심이라는 연결로가 필요해. 나라가 위 기에 빠진 불안으로 신앙심이 점차 흔들리고 있어."

"위기일수록 더 신에게 기댈 줄 알았어요."

"복잡한 문제지. 믿어 봤자 위험한 일이 터진다며 불안 해하는 사람들이 있으니까. 옛날부터 신앙심이 약한 사람 은 있었지만, 그날부터 눈에 띄게 늘었어. 그것도 어떻게 든 대책을 세워야 해."

"그러고 보니 무슨 수상한 집회가 열린다는 이야기가 있 었지. 불안에 빠진 녀석들이 모인다는."

"어쩜, 우리 애들도 소문을 참 좋아한다니까."

파르메아는 이야기의 출처를 짐작하고 나지막이 웃었다.

"쉽지가 않네, 종교란 것도."

"마음의 안식처가 된다는 게 쉬운 일이 아니야."

파르메아는 난처하게 웃으며 훈육하듯 말했다.

"너희도 언젠가는 누군가에게 마음의 안식처가 되어 줬으면 좋겠어."

"저 녀석, 어디까지 아는지 모르니까 무섭네……."

"다 알면서 내버려둔다는 느낌이 풀풀 나던데요……."

"한 나라의 최상위 권력자답게 속을 알 수 없는 여자군."

발걸음이 무거웠다.

그래도 앞으로 나아가야만 한다.

동문이 가까워지자 앞쪽으로 기다리는 사람들이 보였다.

"아, 저 사람들 아니에요? 마차 옆에."

흙덩이가 원상 복구한 동문에서 《암월》 두 명이 기다리고 있었다.

어수룩한 인상의 안경 쓴 남자와 요염한 장발 미녀였다.

두 사람은 호무라 일행을 알아보고 살며시 손을 흔들었다.

"이번 임무, 잘 부탁드려요."

"나야말로. 중요한 임무에 일조하게 돼서 기뻐."

마차 앞에서 서로 인사를 나눴다. 부드러운 목소리였다.

그런데 그때, 진이 작게 중얼거렸다.

"……그렇군."

"뭐가요?"

"아니, 신경 쓰지 않아도 된다."

뭔가를 알아차린 걸까.

묻고 싶지만, 왠지 긴장된 분위기를 느낀 호무라는 의문을 삼켰다.

"그럼 바로 출발할까?"

남자가 제안했다.

하지만 마차에 올라타려던 때, 일행을 불러 세우는 소리가 들렸다.

"잠깐만, 배웅이라도 하게 해 줘."

"시그렛 씨! ……랑 구르도프 씨!"

늘 그렇듯 태평한 시그렛과 그 뒤로 몸을 숨긴 구르도프였다.

구르도프는 고개를 살짝 숙이고 눈을 맞추려고 하지 않았다.

"지스카도 오고 싶어 했는데 일이 바빠서."

"아직 몸 상태도 좋지 않은데 일이 많은가 보네요."

"나라를 위해서 할 수 있는 일은 해 두려는 거지."

"호국 성순장, 의지가 남다르네요……."

사무를 볼 정도로는 회복했나 보다. 그래도 배웅하러 나올 시간이 없을 만큼 일을 맡아도 될 상태는 절대로 아닐 것이다.

같은 인간으로서 호국 성순장의 위대함에 새삼 감탄했다.

"그건 그렇고 두 분이 《암월》이었군요."

시그렛은 예의를 차리며 《암월》 대원과 얼굴을 마주했다.

"처음 뵙겠습니다, 시그렛 씨. 항상 나라를 지켜 주셔서 감사합니다."

"저야말로 감사하죠!"

시그렛과 첩보원들이 담소를 나눴다.

"시그렛 씨도 모르나 봐요? 비밀 결사 같네……."

"그야 그렇지."

시그렛은 당연하다는 투로 대답했다.

"구성원도 행동 범위도 비밀. 그러면서 나라를 보이지 않는 곳에서 받쳐 주는 최강의 조력자. 호국 성순장인 나도 이런 기회가 아니면 만날 수 없는 사람들이야."

"그럼 우리는 굉장히 귀한 경험을 한 거네요."

"맞아, 엄청나게 귀하지."

"귀하다뇨. 남몰래 숨어 다닐 뿐인데요, 뭘."

남자는 겸손하게 말했다.

하지만 그 말대로 중요한 부대인데도 휘장은 차지 않았다.

미녀는 몰라도 남자는 어디에서나 볼 수 있을 흔한 외모였다. 사람들 사이에 섞이면 찾기 어려울 것이다.

"말이 배웅이지, 그냥 이 녀석들 얼굴을 보고 싶었던 거 아냐?"

"하하, 사실 그 이유도 있어."

시그렛은 솔직하게 자백했다.

"그래도 너희 얼굴을 보고 싶은 것도 사실이야. 다만, 다시 만날 수 있을지 불안해서는 아니야. 이런 중대한 임무를 맡았어도 나는 솔직히 걱정되지 않아. 왠지 너희라면 해낼 거라는 이상한 안심감이 있어."

시그렛은 정말 아무런 걱정도 없는 것처럼 밝게 말했다.

"당연하지, 우리가 누군데."

"하하! 그래그래, 그런 점이야!"

한편, 구르도프는 말을 걸어도 될지 망설이는 듯했다.

구르도프는 호무라 일행이 이웃 나라를 함락하는 임무를 받은 이후로 말수가 줄었다.

"구르도프 씨도 뭐라고 한마디 해줘요!"

시그렛에게 등을 떠밀린 구르도프가 겨우 호무라 일행 앞에 섰다.

그리고 잠시 주저하다가 입을 뗐다.

"조심해서 다녀오게."

"네!"

호무라는 구르도프가 걱정을 덜 수 있게끔 기운차게 대답했다.

구르도프의 안색이 한결 나아졌다.

그래도 근심이 더 큰 모양이지만.

"실패할 거 같거든 도망쳐 와도 돼."

그는 호무라 일행을 걱정하며 말을 골랐다.

"실패한다고 벌을 받지는 않아. 그저 살아 와 주게."

구르도프는 다섯 명의 눈을 순서대로 돌아봤다.

"당연하지. 무조건 살아서 돌아올 테니까 온 나라가 불타오를 만큼 화끈한 파티라도 준비해 두라고."

"그렇게 큰소리치면 더 불안하니까 그만두게!"

구르도프는 그 대사에서 죽음의 냄새를 맡았다.

"걱정하지 마세요. 우리는 여신님의 신망을 받는 몸이니까."

"······그건, 그렇군."

"그럼요, 누가 우리를 막겠어요!"

그 말은 자신의 불안을 밀어내기 위함이기도 했다.

"그럼 다녀올게요!"

"그래, 다녀오게."

조금 더 기운을 찾은 구르도프를 보고 다섯 명은 《암월》과 함께 마차에 올랐다.

워트림은 조르광을 감시하는 요새 도시지, 교역을 위한 도시가 아니라서 갈도르시아에서 멀리 떨어져 있었다.

이 세계의 말은 지구의 말보다 지구력과 마력이 뛰어나 하루 안에 놀라운 거리를 주파한다. 갈도르시아에서 멀다고 해도 해 질 녘에는 도착할 것이다.

다만, 호무라는 한 가지 신경 쓰이는 점이 있었다.

"프로토, 오늘은 마차 안 끌어요?"

"그럴 기분이 아니야."

"흐응······. 그런 날도 있나 보네요."

웬일로 프로토가 마차를 끌지 않고 마차 안에서 쉬고 있었다.

그러고 보니 늘 하던 마안 장난도 치지 않았다.

컨디션이 안 좋나?

그런 호무라의 속내를 들여다본 것처럼 프로토는 묻지도 않은 말을 했다.

"그냥 에너지 절약이야."

"아, 곧 실컷 싸울 테니까요?"

"응응, 그거."

프로토는 건성으로 맞장구쳤다.

워트림까지 가는 길은 멀어서 정보 교환뿐 아니라 잡담으로도 이야기꽃을 피웠다.

아레스 일행과 여행할 때는 대화가 끊어지고 말았지만, 다양한 경험을 한 《암월》 두 명에게서는 이야깃거리가 떨어지지 않았다.

"그나저나 놀랐어. 정말로 마족이 동료구나."

남자는 말을 하고 나서 아차 싶은 표정을 지었다.

"아, 기분 나빴다면 사과할게. 딱히 나쁜 뜻은 없어."

"아뇨아뇨, 신경 안 써요!"

마족의 일반적인 이미지 때문이리라.

"사실 『마족』이라는 부류에도 안 들어가. 종족이 아니라 단독 개체니까."

"주술로 마물이 된 것도 아니지?"

"더 자세한 이야기는 기밀이야."

암월 남자 옆에 앉은 사이코는 따분한지 단도를 만지작 거리고 있었다.

"미안미안. 캐물으려던 건 아니었어."

남자가 당황하며 해명했다.

"우리는 이런 일을 하니까 많은 정보를 제공받아. 그런데 너희에 관한 정보는 상당히 규제가 강해. 알려 주지 않는다면 그만한 의미가 있는 거겠지."

"우리는 갈도르시아의 최종 병기니까."

"일레네 님과 파르메아 님이 인정하실 정도니까. 기대할게."

"알아주니까 다행이군."

"우리는 여러 곳에 파견되니까 모든 마족이 악하지 않다는 건 알아. 방금 『나쁜 뜻은 없다』라고 말한 것도 그런 의미야."

아레스와는 다른 이유로, 그는 마족을 무작정 혐오하지

않는다고 했다.

"지금까지 어떤 마족을 보셨어요? 우리는 아직 마족에 관해서 그다지 아는 게 없어요."

"갈도르시아 근처에는 적으니까 그럴 수밖에. 갈도르시아의 대원이 막고 있거든."

"다들 마족을 무서워하던데 역시 난폭한 종족이 많나요?"

"음...... 인간에게 호의적인 종족은 적을 거야. 대개 불간섭주의지만, 공격받으면 반격해. 전투에 자신이 있는 종족은 적극적으로 인간을 공격하고. 이 세상에 존재해서는 안 된다고 확신하는 종족도 있어."

"그, 그래요? 무섭네요......."

"그래도 우리와 다른 존재를 무서워하는 것도 어쩔 수 없는 일이야. 다른 종족이 아니더라도 모르는 사람을 경계하는 건 당연하지."

남자는 웃어 보였다.

"윽, 들켰다!"

"하하, 딱히 경계를 풀라는 말은 아니야. 오히려 신중함은 대원의 미덕이지."

"그래도 안심했어요. 무서운 사람이 오면 어쩌나 했거든요."

"보다시피 첩보 활동 말고는 뭐 하나 내세울 게 없는 사람이야."

남자의 자학에 호무라는 왠지 긴장이 풀렸다.

"이 임무는 반드시 성공시키자. 생트집 잡는 의회 녀석들이 다시는 군소리하지 못하게."

"네! 츠츠미랑 프로토를 위해서라도 분발해야죠!"

두 사람이 대화를 나누는 동안, 남자 맞은편에 앉은 진은 팔짱을 낀 채 가만히 듣고만 있었다.

"그쪽 분도 너무 미인이셔서 놀랐어요. 그런데 그렇게 예쁘면 눈에 띄지 않아요?"

남자는 눈에 띄지 않게 생겼지만, 여자의 얼굴과 몸매는 사람의 눈길을 잡아끌 것 같았다.

첩보 활동을 한다면 눈에 띄지 않는 편이 좋지 않을까?

하지만 실제로 현역이 그렇게 꾸미고 다닌다면 합당한 이유가 있을 것이라고 호무라도 어렴풋이 생각하고 있었다.

"후후, 칭찬해 줘서 고마워. 그래도 나는 눈에 띄어야 해. 이런 역할이거든."

마부석에 앉은 여성은 몸을 돌려 가슴을 살짝 보여 줬다.

"와…… 앗……."

그 의미를 이해한 호무라는 얼굴을 붉히며 시선을 돌렸다.

"야, 대원이라도 아직 애들이야. 그런 이야기는 삼가."

"네~."

요새 도시 워트림은 멀리서도 보일 만큼 거대한 돌벽에

포위되어 있었다. 성벽을 순식간에 수리한 흙덩이의 왕이 세운 벽이었다.

원래 문이 있었을 곳에는 구멍이 뻥 뚫려 있었다.

호무라 일행은 그 구멍을 통해 워트림으로 들어갔다.

"처참해……."

거리는 황폐했고 건물은 대부분 무너졌다. 당연히 사람은 없었다. 북적거렸을 과거조차 상상하기 어려웠다.

분하고 슬퍼서 호무라의 주먹에 힘이 들어갔다.

마을에는 다양한 흔적이 있었다. 부자연스러운 궤도로 그을린 자국, 강한 힘으로 부서진 가옥, 일직선으로 깊게 파인 땅.

"아마 거점으로 쓰지 못하게 파괴한 거 같아. 이렇게 난장판을 만들어 버리면 복구에 시간이 걸려. 당분간 조르팡 감시는 어렵겠지."

"싸우느라 부서진 게 아니고 싸운 뒤에 부쉈다는 말이에요?"

"그 이야기도 해야겠군. 보아하니 숙소로 쓸 건물이 남아있긴 할 거야. 이미 날도 어두우니까 잘 곳부터 정하자."

하늘은 군청색으로 물들었고 별이 빛나기 시작했다.

일곱 명은 형태가 온전한 건물을 찾아봤다.

그리고 무슨 우연인지 대원용 숙소가 남아 있었다.

"여기는 그 개미가 된 대원분들이 쓰던 곳이죠……?"

불쾌한 기억이 되살아났다.

갈도르시아를 덮친 개미 마물 중에는 원래 대원이었던 자도 있었다. 그걸 생각하자 마물 행군이 모조리 도시 사람들이었다는 사실이 떠올랐다. 극악무도한 만행이었다.

호무라는 가슴 안쪽이 점차 뜨거워지는 느낌을 받았다.

숙소 안에 들어가니 흙먼지가 쌓여 조금 더러울 뿐 딱히 상한 곳은 없었다.

"정말로 강하고, 정말로 좋은 사람들이었어."

남자는 과거의 대원들을 추억했다.

"너희한테도 습격 당시의 상황을 말해 둘게."

그리고 숙소 로비의 소파에 앉아서 당시의 이야기를 들려 줬다.

"그때는 완전히 방심한 상태였어. 설마 조르광이 그런 짓을 벌일 줄은 생각지도 못했지. 내가 똑바로 경계했더라면……."

"평화에 찌든 얼간이."

"사이코 씨, 말 좀 가려서 해요!"

사이코의 신랄한 발언에 호무라가 화들짝 놀랐다.

사이코가 입이 험한들 이런 상황에서까지 원색적인 비난을 할 줄은 몰랐다.

"그런 말을 들어도 싸."

하지만 남자는 차분했다.

"갑자기 세 마족이 거리에서 난동을 부렸어. 이곳은 검문이 엄격한데 그걸 통과한 거야. 인간과 상당히 비슷한 생김새여서 속이기 쉬웠겠지."

"인간과 비슷한 생김새인가요……?"

"얼핏 봤을 뿐이지만. 작은 뿔이 난 정도……였지."

남자는 기억을 되짚어 보지만, 그 이상의 특징은 찾지 못한 듯했다.

"그들은 먼저 봉화대를 부쉈어. 그건 갈도르시아로 빠르게 위기를 알리는 시설이야. 도시 구조를 잘 안다는 증거지."

"내통자가 있나."

"아마도. 믿고 싶지는 않지만. ……첩보원인 내가 할 소리는 아닌가."

그는 눈썹을 내리뜨고 웃었다.

"그래서 대원들이 세 마족에게 대처하려는데 조르광 수인 전사들이 밀어닥쳤어. 도망칠 수 있었던 건 한발 앞서 도망친 우리 둘뿐……. 말도 없어서 그냥 죽기 살기로 뛰었지. 그러다가 돌아보니 도시가 돌벽에 둘러싸여 있었어. 아무도 빠져나오지 못했을 거야."

남자는 분한 듯이 고개를 숙였다.

그런데도 방에는 싸늘한 분위기가 감돌았다.

호무라는 거북한 나머지 서둘러 화제를 바꾸려고 했다.

"그, 그러고 보니 마수는 생김새가 기괴해질수록 능력도 강해진다는 이야기를 들었는데 마족은 어때요? 그 왜, 엘

리리야가 기르던 피 핥기 고양이도 그림자 안으로 들어가고 그랬잖아요."

"아, 그 징그러운 고양이."

"인간과 비슷하면 강한 편은 아니지 않을까요?"

호무라는 아레스의 말을 떠올렸다.

마수는 기괴한 특징이 눈에 띌수록 범상치 않은 능력을 지녔다는 말을.

"글쎄. 그래도 그들이 정면에서 싸우지 않았다는 건 확실해. 워트림을 습격한 주력 병력은 조르광 수인 전사 같았어. 점령 후 파괴 활동도 아마 그들 소행이겠지."

"그렇다면 무서워할 필요 없겠네요!"

호무라는 분위기를 띄워 보려고 했다.

"그 교활함은 경계해야 해."

"으! 그렇죠……."

당연한 지적에 호무라는 힘없이 머리를 숙였다.

그 반응을 보고 남자는 호무라의 의도를 알아챘다.

"아, 미안! 앞으로 어떻게 할지 이야기해야지!"

남자는 분위기만 더 나빠졌다고 허둥댔다.

"여기에 내통자가 있었던 것처럼 조르광에도 우리 쪽 내통자가 있어. 그 사람을 통해 조르광에 잠입할 계획이야."

그 전에, 라고 덧붙이며 남자는 가방에서 뭔가를 꺼냈다.

"우리 둘은 『갈도르시아의 배신자』를 연기해서 조르광에 쳐들어가려던 너희를 구속해 넘겨주는 방식으로 침투할 거야."

남자는 꺼낸 초커를 늘어놨다.

"이건 그 나라에서 쓰는 주구와 같은 모양으로 만들었어. 이걸 차면 감시가 다소 느슨해지니까 활동하기 편할 거야."

"주구……."

그걸 보고 진의 눈썹이 까딱 올라갔다.

"그거, 지금 차도 돼?"

"응……?"

프로토의 질문에 남자는 한순간 놀라는 눈치였다.

"도착하기 직전에 주려고 했는데, 적이 어디 있을지 모르니까 일찍 차는 편이 낫나. 만전을 기해서 지금부터 우리에게 복종하는 시늉도 해 줄래?"

"츠츠미도, 차도 돼……?"

"그래, 되고말고. 다음은 너야."

두 첩보원은 두 명의 목에 주구를 본뜬 초커를 채웠다.

그리고 초커를 채운 순간, 남자의 목소리가 싸늘해졌다.

"이 녀석들이 죽는 꼴을 보고 싶지 않으면 너희도 이걸 차."

어수룩하던 남자의 인상이 냉혹하게 돌변했다. 벌레를 보는 듯한 눈이었다.

호무라는 예정대로 연기가 시작됐다고 생각했다.

"박진감 넘치는 연기네요."

"역시 배신자인가."

진에게서 살기가 흘러나왔다.

"잠깐만요, 진 씨. 너무 몰입한 거 아니에요?"

"거기 빨간 머리가 상황 파악을 못 하니까 말해 두는데, 이 초커는 진짜 주구다. 마력에 반응해 견디기 어려운 격통을 주지. 나한테는 이 초커의 열쇠가 없고, 억지로 벗기면 죽는다."

두 사람의 초커에 손을 댔다.

"어, 설마, 정말로……!"

그제야 호무라는 함정에 빠졌다고 눈치챘다. 그와 동시에 이 상황이 일행의 함정이라는 사실도.

"하고 싶은 말은 그게 다인가?"

"너희를 조르광에 넘기고 나는 마왕군에 들어갈 거야. 그 싸움을 봤지? 언젠가 갈도르시아는 패배해. 그러니까 강한 쪽에 붙어야지. 아무리 그 나라가 인간을 위해서 힘쓴다고 해도 지면 아무것도 안 남아. 우리는 죽거나 노예가 되거나 둘 중 하나야. 그러니까 그 전에 잘 보여서 한자리 꿰차야지."

남자는 밝게 어두운 미래를 상상하며 혀를 날름거렸다.

여자도 차가운 눈빛을 보낼 뿐이었다.

하지만 진은 협박 따위에 개의치 않고 칼을 잡았다.

잡은 것은, 요도 히사메.

"움직이지 말라고 했을 텐데!"

남자가 초커에 마력을 불어넣자 검은 불똥이 튀었다.

아마 저주가 발동한 모양이었다.

"으어어……."

「견디기 어려운 격통」을 받고 츠츠미는 맥 빠지는 소리를
냈다.

츠츠미에게 「견디기 어려운 격통」은 마사지 같은 느낌이
었다.

"으아아아아아아아아아아아아! 아파아파아파! 머리가 뽑힐
거 같아아아아아아아아—!"

한편, 통각조차 없는 프로토는 회심의 연기를 보여 주며
머리를 분리했다. 머리가 기계 촉수에 이어진 채 바닥을
데굴 굴렀다.

"어……? 뭐야……? 이게 어떻게 된 거야……?"

스스로 함정에 걸렸다고 생각해 들떴던 배신자들은 두
소녀에게 저주가 통하지 않는다고 깨닫는 데까지 시간이
걸렸다.

"한 번 더 묻겠다. 하고 싶은 말은 그게 다인가? 전부 불
면 내 가슴에 온정이 싹틀지도 모르지."

진은 칼을 뽑았다.

"피를 원하는 요도인 터라 조절이 될지는 모르겠다만."

두 배신자의 표정이 절망으로 물들었다.

"알았어! 너희도 마왕군에 들어갈 수 있게 말해 볼게! 그러니까 이걸 풀어 줘!"

첩보원 두 명은 남은 주구를 목에 차고 있었다. 그뿐 아니라 의자에 밧줄로 묶여 자유를 빼앗긴 상태였다.

"치매냐? 네가 열쇠 없다며."

"우리는 같은 처지야. 밧줄만 풀어 주면 열쇠를 가지고 온다고 약속할게!"

"닥쳐. 우리는 우리가 알아서 할 테니까 신경 꺼."

"『마왕의 주혈』이 얼마나 무서운지 봤잖아? 어차피 마왕한테는 못 이겨. 언젠가 주혈도 다시 모이겠지. 마왕이 살아 있는 한 이런 전쟁이 계속 벌어져. 갈도르시아 편에 서는 건 산 채로 몸을 갉아 먹히는 꼴이야. 상황은 서서히 나빠지겠지. 누구 아래에 붙는 게 현명한지 진지하게 생각해 봐! 그 나라가 마족을 데리고 다니는 외부인을 동료로 받아 줄 리가 없잖아?"

"외부인……."

프로토가 중얼거리는 소리가 호무라에게 들렸다.

"시끄러워. 우리는 살고 싶은 게 아냐. 마음에 안 드는 나라를 쳐부수고 싶을 뿐이야."

"그래도 나쁜 짓은 최대한 피하고 싶지만요."

"마음에 안 드는 나라라면 그런다는 이야기야."

말은 그렇게 하지만, 호무라도 마음껏 힘을 휘두를 수 있는 나라를 상상하게 된다.

"정말로 마음에 안 드는 나라라면⋯⋯."

호무라의 입꼬리가 살며시 올라갔다.

"안 돼 안 돼! 또 폭주할라!"

마음속의 유혹을 깨닫고 호무라는 자기 뺨을 찰싹 때렸다.

"게다가 말이야, 마왕군에는 이미 스카우트를 받았어."

"뭐라고?"

"거절했지만요."

"너희, 정체가 뭐야!"

"다른 세계에서 온 구세주시다. 짧은 시간이나마 기억해 둬."

사이코는 두 사람의 미래를 암시했다.

"부탁할게! 나만이라도 풀어 줘! 배신은 이 남자가 주도한 거야! 그래서 난 알려 줄 정보도 없어!"

"걱정하지 마."

"헤, 헤헤⋯⋯ 괜찮아⋯⋯?"

사이코는 여자에게 미소 지었다. 여자는 희망을 보았는지 어색하게 웃었다.

"한 명은 깔끔하게 죽일 거거든. 단칼에 끝내 줘."

진이 고개를 끄덕였다.

"안 돼! 안 돼애애애애애애애애애—!"

"진짜 시끄럽네. 프로토, 다른 데로 데리고 가."

"오케이~."

프로토는 의자에 묶인 여자를 물건처럼 질질 끌고 가서 옆 방에 던져 버렸다.

"그러면 즐거운 **대화**를 시작해 볼까."

사이코는 더없이 환하게 웃었다.

"앗, 저는…… 밖에 있을게요……."

뭔가를 예감한 호무라는 급히 밖으로 나갔다.

호무라가 나가고 얼마 뒤, 신문은 끝났다.

"정면 승부를 할 생각은 없었지만, 역시 안 좋은 방법인가."

"지배 계급인 마족은 나라의 중심부에 있고, 외곽에는 인간이 산다고?"

"공격하면, 인간을 방패로 써."

"유기 생명체는 하나같이 야만적이네."

그게 갈도르시아가 조르광을 침공하지 않는 이유이기도 했다.

"정면으로 쳐들어갈 수 없다면 포로로 위장해서 중심부에 침투하는 수밖에 없겠구만."

"그 말은 이 녀석들이 가진 주구를 우리도 차야 한다는 건가?"

프로토와 츠츠미가 목에 찬 주구는 아직 몇 개 남아 있었다.

"너희는 저주가 통하잖아? 대담한 작전이네."

"어차피 실패하면 죽어. 대담하게 나가야 적도 속지."

위험한 외줄타기인 줄 알면서도 사이코는 겁 없이 웃어 보였다.

"뭐, 이 정도는 은가면한테도 들을 수 있는 내용이지. 중요한 건 그 뒤. 이것들이 조르광의 제1 왕자와 이어졌고, 지금은 그 녀석이 나라를 쥐고 있다는 거야."

사이코는 의자에 털썩 앉았다.

"왕이 아니라 왕자가 국정을 잡았다면 상당히 혼란스러운 시국이겠지. 중심부에 숨어든 뒤 조르광의 정세를 이용할 거야. 확실하지는 않지만, 제일 성공 확률이 높은 작전을 짜 봤어."

사이코의 머릿속에는 조르광 함락까지 가는 길이 그려져 있었다.

"그런데 정말로 조르광 자체의 병력은 별거 아니라고 해. 이 녀석이 3인조의 잠입을 돕고 혼란을 일으킨 뒤에는……."

"주민을 인질로 삼다니."

"인간을 방패로 쓰는 게 그 나라의 매너인가 보군."

"엄격한 매너 강사라도 있나 보네."

비겁한 방식에 질려 빈정거리는 말밖에 나오지 않았다.

"저기, 신문은 끝났나요……?"

비명이 끊긴 방으로 호무라가 조심조심 고개를 내밀었다.

그리고 그 참상을 목격했다.

"우웨에에에에에엑, 그로테스크!"

호무라가 토했다.

"잘, 먹었습니다……."

츠츠미는 매너 있게 인사했다.

야밤, 호무라는 잠들지 못했다.

임무도, 이 도시도 호무라의 가슴을 무겁게 짓누르고 있었다.

기분을 전환할 겸 호무라는 숙소를 나왔다.

문을 넘자 별이 총총한 하늘이 호무라를 맞아 줬다.

"예쁘다……."

달도 없고 도시의 빛도 없다. 밤하늘을 수놓는 것은 오직 별빛뿐이었다.

환상적인 광경은 호무라의 답답함을 잠시나마 잊게 해 줬다.

"무슨 일 있어요?"

호무라는 경치에 눈길을 빼앗기면서도 먼저 와 있던 손님 곁으로 다가갔다.

"딱히? 에너지 충전 중."

프로토는 건물 잔해에 앉아 무뚝뚝하게 대답했다.

가만히 하늘을 보고 있었다.

호무라는 옆에 앉아서 프로토를 곁눈질했다. 그 인공 안구에 왠지 쓸쓸함이 엿보인 것 같았다. 이 잔해더미 때문일까.

"자기를 위해서 많은 사람을 희생하다니, 너무하죠?"

"응."

"『가진 자는 가지지 못한 자의 방패가 되어라』. 우리가 열심히 해야겠어요."

"**내**가 있을 곳이 아니라 **우리**가 있을 곳을 지켜야지."

잠시 침묵이 흘렀다.

"『우리가 있을 곳』이라……."

프로토는 스스로 한 말을 곱씹었다.

호무라는 문득 프로토가 「외부인」이라고 중얼거렸던 것을 떠올렸다.

외계 생명체인 프로토에게는 자신들과 온전히 이해를 함께할 수 없는 부분이 있다.

괜한 걱정이기를 바라지만, 자기를 「외부인」이라고 생각하는지도 모른다.

"저는 이 다섯 명이 『우리가 있을 곳』이라서 기뻐요. 진짜 가족보다 『가족』처럼 생각해요."

"흐음……."

듣는지 마는지 그렇게 맞장구칠 뿐. 다시 침묵이 찾아왔다.

호무라는 고민했다. 프로토가 뭘 고민하는지 고민했다.

너무 깊이 파고들지 않게끔 넌지시 화제를 바꿨다.

"그러고 보니 프로토의 별은 지구에서 보였어요?"

프로토는 고향에서 멀리 떨어진 지구에 왔다가 이세계까지 불려 왔다. 다른 일행보다 훨씬 먼 곳에서 온 셈이다.

마음이 외로운지도 모른다.

"안 보였어. 그리고 딱히 애착도 없어."

"아, 그래요?"

헛다리를 짚었나 보다.

그리고 오지랖 부린다는 것도 들켰다.

그렇다면 이 이상 파고들지 말아야 한다.

어떻게든 해 주고 싶은 마음을 지금은 묻어 두자.

답답해 보이는 호무라의 얼굴을 보고 프로토는 이야기를 이었다.

"나— 우리는 원래 모성에서 이주할 곳을 찾던 행성 탐사선이었어."

"배……였어요?"

척 듣기에도 관심이 가는 이야기였다.

"그래. 너희가 말하는 『UFO』라는 거야. 나는 그 부품 중 하나였어."

"네?! 그거 프로토였어요?"

충격적인 사실이었다. 설마 이세계에 와서 UFO의 정체를 알게 될 줄이야.

"저, 악수…… 괜찮을까요?"

"너희한테 UFO는 연예인 같은 포지션이야?"

프로토는 내민 손을 탁 쳐냈다.

"그리고 아마 멸망했을 거야, 고향."

무심한 말이었다.

"왜……."

"글쎄, 모르지. 만들어졌을 때 나한테는 자아도 없었고 모성은 데이터로밖에 모르지만, 환경이 갈 데까지 갔나 봐."

"그랬군요."

호무라는 무릎을 감쌌다.

"왜 호무라가 외로워해?"

"모르겠어요."

"말해 두는데 정말 미련 같은 거 없어. 그쪽도 미련 없을 테고. 귀환 명령도 없이 통신이 두절됐거든. 우리는 단순한 노동력에 지나지 않았던 거야. 그런 녀석들이 어떻게 되든 알 바 아냐."

그렇게 말하면서 프로토는 무릎을 감쌌다.

"그래도 신기하네요. 이주할 곳을 찾기 바랐다면 고향으로 돌아오고 싶게 만들 법도 한데. 환경이 한계에 달했다면 정보가 금방 필요하지 않나요?"

"……그것도 그러네. 귀환은 우선순위가 낮았는데. 왜지?"

두 사람이 함께 하늘을 올려다봤다.

"뭔가 달리 시킬 일이라도 있었던 걸까요?"

"아무렴 어때, 이제는 알 길도 없는걸."

밤하늘에 고향은 떠 있지 않았다.

호무라는 왠지 모르게, 말 없는 프로토에게 더 다가앉았다.

그렇게 잠시 있는데 뒤에서 발소리가 들렸다.

"밤이 늦었다. 둘 다 어서 자라."

"네~."

진이 보는 앞에서 두 사람은 숙소로 돌아갔다.

3장 땅뱀

By My Flame the World Bows Down
The Neighboring Nation, Silenced

다음 날 아침, 워트림을 떠났다.

그리고 호무라는 몇 번째인지 모를 말을 되풀이했다.

"원래대로 돌려줘……."

마차 안에 호무라의 한심한 애원이 맴돌았다.

"나이스, 바디……!"

한편, 츠츠미는 암월 여대원의 시체에 들어가서 섹시 여자 스파이로 둔갑해 있었다. 그 탐스러운 체형이 마음에 드는지 눈이 초롱초롱 빛났다.

참고로 등까지 내려오던 머리카락은 목의 딱 중간 높이에서 깔끔한 일자로 잘렸다.

그런 츠츠미는 마부석에 앉아서 마부 흉내를 내는 중이었다.

어디까지나 **흉내**라서 고삐를 잡고 있을 뿐이었다.

"원래의 어린 바디로 돌려줘……."

호무라의 목소리에 눈물기가 섞여 들었다.

"잠입하기 위해서 어쩔 수 없다고는 해도, 너무 슬픈 사건이에요……."

한숨 쉰 호무라는 옆에 앉은 프로토에게로 눈길을 돌렸다.

"프로토, 더 여리여리한 예비 몸체 없어요?"

"없어. 있어도 호무라 앞에서는 안 써."

"그럴 수가……. 아아, 부대에 여아 성분이 부족해……."

"그딴 건 부족해도 돼."

"우훗……."

츠츠미는 섹시 포즈 같은 자세를 잡고 있었다.

"돌려줘……."

"내통자 역할이 없으면 작전이 파탄 나잖아."

워트림을 출발한 직후에는 주변이 온통 숲이었다.

하지만 길을 갈수록 나무는 줄어들었고, 결국 시야가 훤히 트였다.

무성하게 자란 노란 풀이 바람에 쓸려 사락사락 소리를 연주한다.

길은 황금빛 초원을 똑바로 가로질렀고, 말은 거칠 것 없이 다리를 움직였다.

"그나저나 이 애, 똑똑하네요."

"고삐, 잡고만 있어……."

츠츠미가 제어하지 않아도 목적지를 아는 모양이었다.

"중요 임무를 맡는 말이니까 교육을 잘 받았나 보지."

감탄하는데 마차가 덜컹 흔들렸다.

"아이쿠……. 길이 거칠어지네요."

마차 밖을 보자 길뿐 아니라 초원도 거칠었다.

땅속으로 무언가가 지나갔는지, 땅이 부자연스럽게 솟아나 길게 이어져 있었다.

폭은 그리 넓지 않았다.

그 흔적 끝에는 뭔가가 요란하게 튀어나온 것 같은 굴이 뚫려 있었다. 그리고 조금 떨어진 곳에 다시 땅으로 들어간 구멍이…….

"이거 마수가 한 짓이네요."

"이 정도 크기면 괜찮겠지? 그 배신자 안경잡이도 특별히 언급하지 않았고."

"사실은 위험한데 우리를 함정에 빠뜨리려고 버렸을 가능성은…… 없겠죠?"

"우리의 신문에 버텼다면, 정신력 하나는 인정해 주지."

진은 고인을 추억했다.

"감탄할 때가 아니에요, 진 씨……. 우리는 지금 싸울 수 없다구요."

츠츠미를 제외한 모든 인원이 이미 주구를 목에 감았다.

"굳이 이렇게 일찍 차야 했어요?"

"조르광 앞잡이가 보면 어떡하려고? 사실 이렇게 태평하게 수다를 떠는 것도 위험해. 내통자가 포로를 연행한다는 위장이 들키면 우리는 끝장이니까."

츠츠미가 마부 흉내를 내는 것도 위장 공작의 일환이었다.

"문제가 생기면 프로토가 어떻게든 하는 수밖에 없지."

"역시 내가 나서야 하나~."

"츠츠미는……?"

고개를 돌린 츠츠미가 뭔가 기대에 찬 눈빛으로 사이코를 바라봤다.

"네 혼에 억지로 그 여자의 혼을 기워서 육체를 유지하는 중이야. 무리해서 몸이 망가지면 그 시점에서 아웃. 츠츠미는 우리랑 같이 대기해."

"우…… 일하고 싶어……."

"네 몸 챙기는 게 일이란 뜻이야."

"그런 거라면……."

수긍했는지 츠츠미는 고삐를 쥐고 마부인 척했다.

"프로토 혼자서 해결할 수 없을 때는 어떡하죠?"

"조르광에 잠입하면 무기는 틀림없이 몰수당해. 그 전이라면 진, 네가 내 목을 쳐."

"알겠다."

"뭐라고요?"

너무 생뚱맞은 제안에 호무라는 비명에 가까운 소리를 질렀다.

"주구를 억지로 벗길 수 없다면 목을 잘라서 빼면 돼. 목을 잘라도 바로 죽지는 않으니까 후딱 치유 마술로 붙이는 거지."

"괜찮은 거예요?"

"괜찮겠지. 나잖아."

"사이코 씨가 그렇게 말한다면……."

자신감에 찬 목소리를 듣자 신기하게 괜찮으리라는 생각이 들었다.

"그리고 그다음은 호무라, 네 목도 칠 거야. 전투원을 확보하기 위해서."

"안 괜찮네요!"

"괜찮겠지. 나잖아."

"사이코 씨가 그렇게 말해도 소용없어요!"

그야 싸우려면 호무라도 초커를 빼야 한다. 그렇다고 목이 잘릴 용기는 없었다.

"잠입한 뒤, 그러니까 무기를 빼앗긴 뒤에는 격통을 견디면서 싸울 수밖에 없어. 마술로 《신체 강화》를 하지 않아도 싸울 수 있는 진은 몰라도 호무라에게는 어렵겠지. 그때는 일격필살로 끝내야 해. 너한테는 막강한 순간 화력이 있어. 한 방에 끝내서 저주의 영향을 최소한만 받는 작전이야."

"어느 쪽이든 고통은 감내해야 하네요……."

"동료를 위해서야. 이 중에 고통에 굴복할 녀석은 없잖아?"

마음이 약해졌던 호무라는 그 말에 낯빛이 달라졌다.

"당연하잖아요."

동료를 위해서라면 격통이라도 견뎌 내겠다.

—그런데 이때 말이 갑자기 멈췄다.

"어라, 왜 이러지? 길이 너무 망가졌나?"

호무라는 길을 내다보지만, 지금까지와 별반 다를 바 없었다.

"경계해. 그 마수가 있을지도 몰라."

"귀찮네……."

프로토가 전투 망치를 어깨에 지고 마차에서 내렸다.

"마수, 안 보이는데."

주위를 둘러보아도 멀리서 사슴 같은 동물이 느긋하게 풀을 뜯고 있을 뿐이었다.

하지만 그 동물도 어떤 낌새를 느꼈는지, 갑자기 귀를 쫑긋 세우고 움직임을 멈췄다.

호무라는 그 사슴을 바라봤다.

그리고 알아챘다. 불룩 솟은 땅이 사슴에게 다가가고 있었다.

뭔가가 사슴을 노리고 있다. 그렇게 이해한 직후, 거대한 검은 뱀이 땅에서 튀어나왔다.

크기부터 보통 뱀은 아니었다. 사슴을 통째로 삼킬 크기였다.

뱀은 사슴을 물어뜯을 것처럼 거대한 아가리를 벌리고

날아들었다.

하지만 사슴은 간발의 차로 뱀을 피해 달아났고, 먹잇감을 놓친 뱀은 다시 땅으로 파고들었다.

"우워, 땅을 파고 이동하는 뱀이에요. 저게 그 마수인가 보네요."

"이 일대가 저 녀석들의 사냥터인가."

호무라는 땅이 솟아난 원인을 알고 감탄했다.

동시에 저 정도라면 프로토가 처리해 주리라고 안심했다.

하지만 그 마음을 뒤흔드는 것처럼 땅이 울리기 시작했다.

"으아아, 지진일까요?"

땅울림은 점점 커졌다.

"왠지 커지지 않았어요?"

"아니, 커진 게 아니라 다가오는 거야!"

프로토가 외친 동시에 거대한 무언가가 멀리 땅에서 튀어 올랐다.

그것은 도망치던 사슴을 한입에 집어삼켰다.

"너, 너무 크지 않아요?"

튀어나온 마수는 방금 본 검은 뱀과 똑같이 생겼다.

하지만 크기가 전혀 달랐다. 같은 종족이라고 생각해도 될지 망설여질 정도였다.

이무기는 흙범벅이지만, 흙 사이로 검은 비늘이 보였다. 폭은 2미터 정도며 길이는 한눈에 가늠이 되지 않을 정도였다.

목 안쪽에서 사슴이 뭉개지는지, 작게 으득거리는 소리가 들렸다.

함께 삼킨 흙은 머리 측면에 있는 아가미 같은 기관으로 힘차게 배출됐다. 그리고 왠지 머리를 자꾸 흔들어 댔다.

식사를 끝낸 이무기가 머리를 치켜들고 호무라 일행을 돌아봤다.

"저런 녀석의 흔적이 전혀 안 보였던 건 오랫동안 휴면 상태였기 때문인가?"

"그 말인즉?"

"우리가 휴면 후의 전채라는 뜻이지."

"꺄아아아아아아아악!"

"선공! 필승!"

전투태세를 갖추던 프로토는 망치를 치켜들고 단숨에 거리를 좁혔다.

이무기는 전혀 겁먹지 않고 프로토에게 달려들었다.

망치는 이무기의 머리를 후렸다. 상당한 중량의 쇳덩어리가 상당한 속도로 충돌하면 보통 생물은 원형을 유지하지 못한다.

하지만, 깡……. 귀에 거슬리는 쇳소리가 울릴 뿐이었다.

"딱딱해!"

이무기는 살짝 비틀거릴 뿐 주눅 들지 않았다.

그래도 돌진 궤도는 틀어 버렸다.

이무기는 돌진의 여세로 방향을 바꿔 다시 프로토와 대치했다.

별다른 타격 없이 조금 휘청거릴 뿐이었다.

"대체 뭐죠, 저 마수……."

대형 마수 중에서도 상당히 큰 편이었다. 초대형으로 분류해야 할지도 모르겠다.

호무라 일행은 마차 뒤에서 전투를 지켜봤다.

"땅뱀……."

츠츠미가 중얼거렸다.

"츠츠미, 알아?"

"땅에 들어가고, 눈이 없어서, 소리를 들어……."

"피트 기관으로 열 감지는 못 하나 보군."

호무라 일행이 확인하자 있어야 할 눈이 없었다.

하지만 그런 건 아무래도 상관없을 정도의 특징이 있었다.

"저 비늘, 금속 아니에요?"

망치에 얻어맞은 부분에서 흙이 떨어져 비늘이 가진 금속광택이 잘 보였다. 상처다운 상처도 없고 조금 우그러진 정도였다.

비늘은 하나하나가 방패처럼 두껍고 갑옷처럼 몸 전체를 덮고 있었다.

"『땅뱀』보다 『풀 아머 그라운드 드래곤』 같은 이름이 어울리게 생겼는데요…….”

“그래서 대처법은?”

프로토가 소리쳤다.

“들키기 전에, 조용히 한다…….”

“이미 글렀잖아~!”

프로토는 다시 달려 나갔다.

“말이 갑자기 멈춘 이유가 이건가. 진짜 끝내주게 교육했네. 이 크기는 예상 밖이겠지만, 땅뱀이 있다고 감지해서 소리를 내지 않았구나.”

근처에서 땅뱀이 날뛰는데 말은 미동도 하지 않았다. 위기가 지나갈 때까지 움직이지 않게 교육받았나 보다.

멀리서 프로토와 땅뱀의 전투가 재개됐다.

땅뱀은 덤벼들면서도 프로토의 일격을 피했다. 그리고 지나치는 순간 통나무 같은 꼬리로 프로토를 강타했다.

프로토가 맥없이 튕겨 나간다.

“하등생물 주제에, 잔재주는!”

정말로 눈이 보이지 않는지 의심스러운 움직임이었다. 프로토만으로는 위험하다.

“어떻게든 도와줄 수 없을까요?”

“도와……? 미끼라도 돼 볼래?”

“……좋네요, 미끼가 될게요!”

“야, 이 멍청아! 농담도 못 하나!”

"그래도 이대로 가면 프로토가 당해요. ……당할까요?"

말하면서도 의문이 들었지만, 프로토는 생각 이상으로 튼튼했다.

"쟤도 무식하게 딴딴하니까 괜찮지 않겠어?"

"왠지 그럴 거 같기도 하지만, 아무튼 계속 싸우게 할 수는 없잖아요. 미끼가 되어 주면 제대로 한 방 먹일 틈은 생길 거예요."

결연한 눈빛으로 사이코의 눈을 응시했다.

"에효, 누가 말리냐……. 우리도 가자, 진."

"그래."

호무라의 열의에 꺾여 두 사람이 함께 나섰다.

"사이코 씨, 진 씨……!"

"죽지 마……."

츠츠미가 걱정스럽게 바라보지만, 겉모습이 《암월》 여대원이라서 어색하기 짝이 없었다.

"그럼 갈게요."

호무라는 길가에서 돌을 주웠다.

"야—! 여기 봐!"

그리고 땅뱀에게 던졌다.

하지만 전혀 닿지 않았다.

심지어 어깨가 욱신거렸다.

"아야…… 어깨 다쳤나……."

"유리 어깨는 빠져!"

사이코가 소리치며 호무라와 똑같이 돌을 던졌다.

"받아라, 필살! 고지능 천재 지니어스 볼!"

나름대로 빠르게 날아간 돌은 프로토의 머리에 맞았다.

"아얏!"

"미안~!"

이무기는 여전히 프로토에게 집중하고 있었다.

"이거 원, 내가 시범을 보여 주지."

진은 던질 돌을 선별해서 주먹만 한 돌을 주웠다.

그것을 마치 야구 선수처럼 뒤로 쭉 빼서 오버 핸드 폼으로 던졌다.

"흡!"

돌은 날카롭게 공기를 가르며 정확히 땅뱀의 코끝에 명중했다.

땅뱀이 놀라서 작게 비명을 지른다.

"봤나?"

한껏 우쭐한 표정의 진.

"오오, 대단해."

"메이저 리그에서의 활약이 기대되네."

신이 난 세 사람.

"아, 정말! 놀기만 하면 나도 안 싸울 줄 알아!"

그리고 불시에 돌을 맞은 땅뱀은 그것이 날아온 방향—

호무라 일행 쪽으로 고개를 돌렸다.

"좋아, 작전대로 됐어요!"

호무라가 소리친 후, 세 사람은 땅뱀에서 멀어지도록 달려갔다.

땅뱀은 그 뒤를 쫓았다.

정확히는, 호무라를 쫓았다.

"진 씨가 맞혔는데! 왜 나야!"

돌아보자 사이코와 진은 걸음을 멈추고 조용히 서 있었다.

"살인자! 배신자!"

무시무시한 속도로 달려드는 땅뱀은 순식간에 호무라를 따라잡았다.

그리고 먹잇감을 삼키려고 아가리를 벌렸다.

"죽는다죽는다죽는다죽는다, 진짜 죽는다고오오오오오오오오오오오—!"

호무라는 죽음을 각오했다.

그 직후, 귀를 찌르는 소리와 함께 땅뱀의 머리가 땅에 처박혔다.

강렬한 진동으로 호무라가 나자빠졌다.

"으헥!"

입에 흙과 풀이 들어갔다.

"후우, 뇌가 코딱지만 해도 이만큼 흔들리면 당분간은 못 움직이겠지."

상반신만 겨우 일으킨 호무라 옆에서 전투 망치를 짊어진 프로토가 말했다.

"작전대로예요……."

"연약한 생명체 주제에 너무 무리하네."

"해치워 준다고 믿고 있었으니까요."

"호흡 장치를 달아서 진짜 한숨 쉬고 싶은 기분이야."

"죄송해요……."

"……그래도 고마웠어."

한마디 덧붙이며 프로토는 땅뱀에게 걸어갔다.

"프로토……!"

예상치 못한 감사의 말에 감격해 호무라가 프로토를 와락 끌어안았다.

"아잇, 정말! 귀찮게!"

프로토는 그런 호무라를 떼어서 던져 버리고는 망치를 쥔 손을 바라봤다.

"왠지 평소보다 힘이 났어."

"사랑의 힘이네요."

"전에도 이런 일이 있지 않았던가."

멀리서 들리는 호무라의 말을 무시하고 프로토는 생각에 빠졌다.

도적단 보스의 공격으로부터 호무라를 감쌌을 때, 오렐리크에서 거대 상어와 싸웠을 때.

가끔 출력 제한이 풀리거나 풀 수 있을 때가 있다.

지금도 마지막 일격에서만 평소 이상의 힘이 나왔다.

"뭐, 아무렴 어때. 극한 상황의 괴력인가 보지. 난 기계지만."

기계인 자신에게도 그런 능력이 탑재된 것일까?

그보다 지금은 땅뱀이 중요했다.

"기절시키기는 했어도 죽이기는 어렵겠어. 너무 단단해."

기절할 만큼 충격을 줘도 비늘이 우그러질 뿐.

치명상과는 거리가 멀었다.

"내 칼도 들지 않는군."

"시간을 낭비할 때가 아니니까 무시하고 갈까."

"푸르르!"

말도 「도망가려면 지금」이라고 말하듯 발을 구르고 있었다.

"아니, 잠깐만 있어 봐."

발걸음을 돌리려던 프로토는 땅뱀에게서 이상한 점을 발견했다.

"아가미에 뭔가 꽂혀 있지 않아?"

땅뱀의 아가미로 막대기 같은 것이 얼굴을 내밀고 있었다.

프로토가 아가미를 억지로 벌렸다.

"이게 뭐야? 창?"

힘껏 뽑자 촉에 갈고리가 달린 창이었다.

"뭔가 불편해 보이더니 이게 꽂혀 있어서 그랬나."

땅뱀은 사슴을 삼킨 뒤 자꾸 고개를 흔들어 댔다. 흙을 배출할 때마다 통증이 있었나 보다.

"다음에 은혜 갚아."

그렇게 말하고 프로토는 땅뱀의 머리를 툭 두드렸다.

"무슨 전래동화도 아니고……."

하지만 호무라는 내심 기대하고 있었다.

"푸르! 푸르르!"

말이 더 참지 못하겠는지 발을 심하게 구르기 시작했다. 천적에게 무슨 아량을 베푸냐고 따지는 듯했다.

"미안! 출발하자!"

호무라는 말에게 사과하고 마차에 올라탔다.

워트림을 출발해 야영을 반복하길 며칠째.

조르광 주변은 황량한 사바나 같았다.

눈에 보이는 나무는 손에 꼽을 정도며 땅에는 풀보다 흙이 눈에 띄었다.

하지만 땅 곳곳에 푸른 결정이 솟아나 있고 그 주변에는 작은 물웅덩이가 있었다. 결정의 표면이 젖어 있는 것을 보아 결정 자체에서 물이 생기는 듯했다. 식수 걱정은 없겠다.

그렇게 물이 있는 곳에서는 식물이 무럭무럭 자라나고 동물이 쉬고 있었다.

그 후로 마수와 만난 적은 없지만, 쾌적한 여행이라고 할 수도 없었다.

오히려 일행은 마수보다 무서운 것과 직면했다.

"야영에 익숙한 사람이 없으니까 고생이네요."

아웃도어 활동에 익숙한 사람이 이 부대에 있을 리 없었다.

"불을 피우는 것도 보통 일이 아니야……."

"발화 능력만이라면 괜찮지만, 실수로 마력을 쓰면 주구가 발동해 버리니까요……. 설마 발화 능력을 쓰지 못해서 답답한 날이 올 줄은 몰랐어요."

발화용 도구는 있지만, 역시 익숙하지 않으면 쓰기 어려웠다.

"하지만 그런 것보다도……."

"그렇지……."

불 피우기 이상의 고민거리가 있었다.

"밥이 맛없어……."

"보존 식량이니까. 맛이 뒷전이어도 어쩔 수 없지."

"딱딱한 빵, 훈제 고기, 콩……. 전부 수프에 넣어서 먹었죠. 뭐, 우리 요리 실력이 문제일지도 모르지만……."

"구식이라고 생각한 이 세계 식사가 그리워지는 날이 올 줄이야."

"진 씨가 사냥한 동물 고기도…… 욱……!"

호무라는 초보자가 도전한 야생동물 요리를 떠올리고 목 구멍 안쪽이 메스꺼워졌다.

"피만 뺀다고 되는 게 아니었지……."

진마저 역한 고기를 떠올리고 인상을 찌푸렸다.

참고로 피는 피를 빠는 요도— 히사메가 빼 줬다. 야생 동물의 피라도 만족했다고 한다.

"아직 입안에 짐승이 있어요……."

"빛만 섭취하면 되는 몸이 부러워."

"원시적인 몸이라서 불쌍하네."

"야생동물, 맛있었는데……?"

"츠츠미는 뭐든 맛있게 먹어서 부러워. 땅바닥에 난 풀 을 맛있게 먹는 말도 부럽고. 이 식사에 익숙해지려면 힘 들겠어……."

"그리고 목욕도."

불평불만이 끝없이 흘러나왔다.

"젖은 수건으로 몸만 닦으니까요……. 그런 의미에서 초 면인 남자랑 바이바이해서 다행이네요. 근처에 강이 있으 면 더 좋았을 텐데."

물웅덩이는 있어도 멱을 감을 정도는 아니었다.

"더 현대에 가까운 세계에 오고 싶었어."

"포로용 목욕탕이 있으면 좋겠네요."

호무라는 마차에서 먼 곳을 내다봤다. 저 멀리 높은 성벽이 보였다.

조르광은 평지보다 높은 지대에 위치했고 중앙에는 거대한 푸른 결정이 우뚝 솟아 있었다.

떨어진 곳에 있는 제법 큰 결정에도 벽을 둘러놨다.

조르광은 푸른 결정의 축복으로 세워진 나라 같았다.

"저게 조르광인가 보네요……."

바람이 강해지며 흙먼지가 날렸다.

"때려 부수는 맛이 있으면 좋겠네."

프로토의 눈이 기대감에 차서 빛나고 있었다.

단순한 비유가 아니라 정말로 살짝 빛났다.

"안 돼요, 프로토. 싸움은 최대한 피할 거니까요."

"호무라도 시원하게 싸우고 싶으면서."

"……."

"반박할 수 없다고 말없이 폼 잡지 마."

그러는 사이 성벽은 점점 커졌다.

"드디어 도착했네요. 으으, 긴장돼……. 정말로 잠입할 수 있을까요?"

"이 녀석이 정말로 배신자라면 내통자의 중개인이 문에 대기하고 있겠지. 대기하지 않으면 끝난 거고. 평생 주구를 달고 살아야 해."

"아, 제발……."

다가가자 성벽 위에서 움직임이 보였다. 마차를 확인한 누군가가 분주하게 움직이고 있었다.

"대뜸 공격하지는 않겠죠?"

하지만 공격하려는 분위기는 아니었다.

도개교가 서서히 내려왔다.

마차가 문 앞에 도착하자 이야기가 되어 있는지 아케지 시족이 바로 문을 열어 줬다.

아케지시족은 덩치 큰 사자 머리 마족이었다.

이름대로 붉은 털일 줄 알았더니 딱히 그렇지도 않은 게 신기했다. 이름의 유래가 뭘까.

"응? 그 남자는 어디 있지?"

마차 안을 확인한 사자는 마부석에 앉은 츠츠미—가 들어 있는 내통자 여자에게 물었다.

"이 아이들을, 붙잡기가, 어려워서⋯⋯."

"그랬나⋯⋯. 드물게 우리에게 협력해 주는 인간이었는데."

츠츠미의 어눌한 말투가 우연히도 비장감을 연출했는지 사자 남자도 어깨를 늘어뜨렸다.

"일단 들어가라. 안내하지."

출입 허가가 떨어졌다.

도시는 성벽처럼 회색빛이 도는 갈색이었다.

튼튼한 석조 건물이 줄지어 섰고, 햇빛을 막는 천이 마주한 건물 사이에 매달려 있었다.

그 그늘막에는 기하학무늬가 들어갔고 색상도 알록달록해 관광지 같은 분위기를 자아냈다.

"아랍권 분위기가 나네요. 갈도르시아와 너무 달라요."

적지에 들어왔는데도 지금까지 보지 못한 이국적 정취에 가슴이 뛰었다.

그밖에도 마음이 끌리는 것이 한두 가지가 아니라서 저도 모르게 눈길을 빼앗겼다.

"물이 샘솟는 결정이 커서 그런지 물이 많네요."

중앙의 거대 결정 쪽에서 용수로가 이어져 있었다.

"물 마술사가 있는 갈도르시아와 달리 보통 마을은 물이 있는 곳에 생겨."

"생각해 보면 그러네요. 갈도르시아는 물 마술이 발달해서 살기 좋은 곳이었나……."

나라의 성립 과정을 생각하며 호무라는 주변을 돌아봤다.

마족이 인간을 지배한다고 들었는데 아직 마족은 거의 보이지 않았다. 인간들이 바쁘게 일하고, 가끔 아케지시족 보초가 있을 뿐이었다. 듣던 대로 전투원인지 근골이 장대했다.

그리고 무엇보다 신경 쓰이는 점은 어두운 분위기가 없다는 것이었다.

오히려 포로가 된 자신들에게 동정의 시선을 보내고 있었다.

"인간을 지배한다고 들었는데 생각보다 자유로워 보여요."

"『지배』에도 여러 방식이 있잖아. 직업 제한이나 그런 거 아냐?"

"그랬죠……. 그래도 여기서 잔인한 대우를 받고 있었으면 저, 뛰쳐나갔을지도 몰라요."

호무라는 싸울 이유가 없어서 안심한 한편, 실망하기도 했다.

"에이……."

호무라가 복잡한 심경에 번뇌하는데 프로토도 실망을 드러냈다.

사라질 것 같은 목소리로.

잘못하면 놓쳤을지도 모른다.

단지 날뛸 수 없어서 아쉬워하는 느낌은 아니었다.

프로토는 나라에 들어올 때까지 뭔가를 기대하는 눈빛이었다. 하지만 지금은 그 눈동자에 실망과 닮은 감정이 번져 있었다.

만들어진 눈이지만, 호무라에게는 그렇게 보였다.

"프로토, 왜 그래요?"

"아무것도 아냐."

만들어진 목소리에서 분명하게 쓸쓸함이 묻어났다.

호무라는 걱정이 되기 시작했다.

"그렇게 안 보이니— 끄항!"

"갑자기 기분 나쁜 소리 내지 마!"

"그치만 저거!"

호무라가 손가락으로 가리켰다.

"귀엽다고 평판 자자한 이와야네즈미족 아니에요?!"

시야 한쪽에 얼핏 들어온 왜소한 형체.

성인 인간의 허리까지 올 키에 커다란 동물 귀를 가진 수인. 어떤 놀이공원의 마스코트처럼 귀여웠다.

"날뛰면 안 될 이유가 늘었네요……!"

"너나 그렇지!"

안내를 맡은 사자 남자는 「이것들 시끄럽네……」라고 생각하고 있었다.

"나 참, 호무라는 생김새만 어리면 그저 좋지?"

"생김새도 중요하지만, 역시 정신이 가장 중요하죠. 프로토는 외모도 좋지만, 그 건방진 성격이 헤헤헤……."

호무라는 늪처럼 끈적거리는 웃음을 지었다.

"나, 더 어른이 될게."

외면보다 내면. 그게 영 좋지 않은 방향으로 평가됐다.

동료의 소름 돋는 가치관이 드러나는 와중에도 마차는 계속해서 나아갔다.

"목적지는 저 안이겠지."

이 말은 안내인에게 들리지 않도록 사이코가 작게 속삭였다.

가리킨 곳에는 또 성벽이 있었다.

"갈도르시아처럼 벽이 2중인가 봐요."

"마족들은 보통 저 안에서 살 거야."

"나라가 다르면 벽의 의미도 달라지네요. 갈도르시아는 안쪽 벽 너머가 행정 구역 및 피난소였는데, 여기는 서로가 사는 곳을 나누는 용도예요."

"……배신자 안경잡이가 그러더라. 이 나라는 침공받아도 가장 먼저 인간이 죽도록 해 놨다고."

"……그런 의도였나요."

잔혹하다. 하지만 의분보다는 전쟁의 무서움에 대한 당혹스러움이 앞섰다. 싸운다면, 안쪽인가…….

문지기 사자에게 안내받아 마차는 계속 안쪽으로 향했고 마침내 내성벽에 도착했다.

"이봐, 내통자가 저쪽 전사를 잡아 왔어."

"좋아. 지금 열지."

큰 금속제 문이 거슬리는 소리를 내며 열렸다.

"우리를 포로로 취급해 주나 봐요. 다행이다, 『즉결 처분!』이라고 하지 않아서."

지금까지는 당장 죽일 것처럼 거칠게 대하지 않았다.

"어떻게 될지 아직은 몰라."

"무서운 말 하지 마세요. 알면서 기분을 달래려는 거니까……."

"으아아아아아아아아아아—! 우린 이제 죽을 거야!"

호무라가 그러건 말건 사이코는 공황에 빠진 척했다.

"아이참! 정말로 불길한 농담 그만하세요!"

갑자기 인간이 난리를 피우자 인계하던 문지기 남자도 당황했다.

"지하 감옥에 가두겠지만, 해는 끼치지 않아! 그러니까 조용히 해 줘!"

"살려 줘요! 누가 나 좀 살려 줘!"

"얌전히 있어!"

문지기는 들고 있던 창을 겨눴다.

"사람 살려어어어어어어어어—!"

"이봐, 이 인간 좀 말려 봐!"

"죄송해요, 그냥 참고 넘어가 주세요……."

소란을 들었는지 구경꾼이 모여들었다.

"창피하니까 그만해요……!"

추태를 보이는 사이코와 동료가 아닌 척하고 싶었지만, 그럴 수도 없는 상황이었다.

내성벽 안에는 예상대로 마족이 모여 있었다.

구경꾼 중에 인간은 없다. 이야기로 들은 세 마족뿐.

그들은 이족보행 하는 고양이, 사자, 쥐로 그야말로 「수인」이라는 이름에 걸맞은 모습이었다.

그중 사자 남성이 문지기에게 달려왔다.

"야야, 이게 무슨 소동이야?"

"이 녀석들, 갈도르시아의 자객이래."

"갈도르시아의······."

남자가 일행을 뚫어지게 쳐다봤다. 그 눈에는 호기심보다 놀라움이 짙게 번져 있었다.

"죽여?"

"판단은 상부가 하지. 나는 몰라. 그래도 이렇게 시끄러워서야······."

문지기는 지긋지긋하다는 듯 창을 까딱거렸다.

"흐음, 그래······? 뭐, 힘내라······."

구경꾼은 반쯤 흘려듣고 다시 인파 속으로 사라졌다.

사이코는 그 남자를 조용히 눈으로 좇았다.

"오, 드디어 포기했나. 나 원, 귀찮게 하지 마."

연행이 재개되고 마차는 나라의 중심부로 향했다.

어디를 보나 마족들이 인간보다 좋은 생활을 한다는 것이 느껴졌다. 낮인데도 술집은 떠들썩했고, 여성은 웃으며 옷을 고르고 있었다. 아마 인간이 만든 옷일 것이다. 여기로 오는 길에 직물을 짜는 인간을 봤다.

"뭔가, 즐거워 보여요······."

그냥 즐거운 게 아니다. 호무라에게는 그들이 어딘지 모르게 들뜬 것처럼 보였다.

전쟁을 벌이고 실패했건만, 정작 조르광의 분위기는 밝

았다.

"이상한 나라네요."

그래도 그런가 보다 하고 넘어갈 수밖에 없었다.

호무라는 시선을 옮겼다. 이곳의 삶이 보여 주는 것은 그들의 생활만이 아니었다. 건물도 외곽보다 훨씬 좋고 질서정연했다.

그중에서도 특히나 튼튼하고 호화로우며, 그리고 나라의 중앙에 있는 건물— 궁전으로 호무라 일행은 연행됐다.

"어라, 생각보다 대우가 괜찮은데……?"

"내려."

시키는 대로 호무라 일행은 마차에서 내렸다.

대기하던 두 문지기 사자가 마차 안을 확인해 무기를 압수해 갔다.

"조심히 다뤄 다오. 그 칼은 저주받은 물건이니 칼집에서 뽑아선 안 돼."

진이 히사메를 가리키자 그것을 잡으려던 사자가 당황해서 손을 멈췄다.

"무섭게 뭘 이런 걸 들고 다녀!"

"역시 갈도르시아는 야만적이야……."

두 문지기는 두려움에 떨었다.

"네가 들고 가."

"아니, 네가 옮겨."

"전에 돈 빌려줬잖아."

"그럼 갚은 셈 쳐라?"

"이걸론 부족하지."

"얼마나 빌렸다고 그래."

두 사자는 누가 요도를 들지 서로에게 떠밀고 있었다.

"이 안이다."

소소한 다툼에서 등을 돌린 채 안내인은 호무라 일행을 데리고 갔다.

건물 구석에 있는 방으로 들어가 지하로 이어진 계단을 내려간다.

긴 복도를 걷다 보니 지하 감옥이 나왔다.

"아까는 내 설명이 부족했지. 해는 끼치지 않겠다고 말했지만, 그건 처분이 결정되기 전까지야. 처형될 수도 있으니까 각오해 둬."

어두운 감옥에 갇힌 호무라 일행에게 아케지시족 남자는 불안한 말을 남기고 떠났다.

"……좋게 넘어갈 거 같진 않네요."

"괜찮아, 나를 믿어."

사이코는 그렇게 말하면서 서늘한 바닥에 벌러덩 누웠다.

4장 왕좌

By My Flame the World Bows Down
The Neighboring Nation, Silenced

투옥되고 이러니저러니 하는 사이 시간이 꽤 지났다.

주구의 효과는 세 사람이 검증했고, 한순간이라도 마력을 쓰기는 어렵다고 판단했다.

"『이 중에 고통에 굴복할 녀석은 없잖아?』는 무슨. 아무도 못 버티잖아요."

호무라는 아직 고통이 남은 몸을 꾸물거렸다.

"사이코 씨, 뭔가 해결책 안 떠올랐어요~?"

다시 드러누운 사이코에게 물었다.

거기에 대답한 사람은 프로토였다.

"애초에 조르광을 함락할 방법을 생각했다고 하지 않았어?"

"생각했지만, 안 알려 줘."

"왜 안 알려 줘요……."

"불안해하는 널 구경하려고."

"하여간 성격하곤!"

정말로 방법이 있는지 불안해졌다.

"맞아, 프로토가 쇠창살을 부수고 다 같이 도망칠래요? 갈도르시아에 돌아가면 주구도 어떻게든 될 것 같은데."

"여기서 무기도 마차도 마법도 없이 어떻게 돌아가게? 땅뱀 뱃속에나 들어갈걸."

"그러면 작전을 알려 주든가요. 초커를 차고 안으로 들어와서 그다음은 어떻게 하는지. 안 그러면 제 마음대로 할 거예요. 저는 아무 방법도 안 떠오르지만!"

"시끄럽네……. 그럼 도우미라도 불러 볼래?"

"도우미?"

"뭔가 없어~? 흙 아저씨."

"거기 둘이 진심으로 난동을 피우면 되잖아."

옆 방에서 흙덩이의 목소리가 들렸다.

"우왁, 어느새!"

"이 나라에 들어온 뒤부터."

"스토커 같아……."

"도와주러 왔는데 그게 무슨 망발이야. 뭐, 너희가 최악의 상황에 빠지지 않는 한 안 도와줄 거지만."

"지금도 충분히 최악인데요……?"

아직 『최악의 상황』까지는 아니지만, 이대로 시간이 흐르면 언젠가 그렇게 된다. 호무라는 지푸라기 대신 흙이라도 잡고 싶은 심정이었다.

"어유, 이 사람이 있는 줄 알고 배짱부린 거였어요?"

"아니, 마음에 들었다니까 쉽게 버리지는 않으리라고 생각했지만, 작전은 따로 있어."

"츠츠미도 지하 감옥을 돌아다닐 때 못 봤어?"

내통자라서 조금 더 자유가 보장된 츠츠미는 지하 감옥을 돌아보고 다녔다.

아까는 지하 감옥에 쇠약한 히노메네코족이 몇 명 갇혀 있을 뿐이라고 했었다.

그런데 츠츠미가 호무라의 질문에 고개를 도리도리 저었다.

"비밀로, 해 주길 바라는 눈치여서……."

"저기요, 우리 애한테 이상한 부탁 하지 말아 주실래요?"

호무라는 창살에 달라붙어 옆방에 항의했다.

"누굴 믿어야 하는지 잘 아는 거지. 애가 똘똘해."

독서 중이었는지 책을 탁 덮는 소리가 들렸다.

그리고 흙덩이의 왕은 감옥 창살을 빠져나왔다. 마치 모래가 소쿠리를 스르르 빠져나오듯이.

"편리한 몸이네요."

"우리 종족의 고유 마법이야. 너도 이렇게 되고 싶어?"

"됐어요."

딱 잘라 거절했다.

"방금도 말했지만, 저주가 통하지 않는 두 사람이 난동을 부리면 어떻게든 될 거다. 이 나라 전사는 그 정도면 충분해. 열쇠는 그 뒤에 천천히 찾으면 되고."

"나는 그러기 싫어."

"응……."

프로토와 츠츠미는 제안을 거부했다.

"왜?"

"아직 이 나라를 모르니까. 패서 기분이 좋을지 어떨지 우선 알아야지."

"하하하! 역시 너희는 이상해. 하지만 유쾌하게 이상하군."

흙덩이의 목소리는 어딘지 모르게 기뻐 보였다.

"아무튼 도움 되는 힌트라도 없어요?"

"나는 너희 부모가 아니야. 알아서들 해결해. 이 정도 상황을 헤쳐 나가지 못하면 마왕군에도 필요 없어."

"우리도 너희 필요 없어."

"그래, 우선 너희 힘으로 어떻게든 해 봐. 그리고 안경잡이, 너는 처음부터 무슨 계획이 있었잖아? 할 수 있는 데까지 해 보라고."

그렇게 말한 흙덩이는 돌바닥에 가라앉듯 사라졌다.

"그래도 위험해지면 구해 주세요!"

하지만 대답은 없었다.

"사라지는 방식도 다채롭네요."

호무라는 아무 흔적도 없는 바닥을 바라봤다.

너희 힘으로 어떻게든 해라. 말은 그렇게 해도 몰래 따라다닌 것을 보면 사실 도와줄 생각 아니었을까, 라고 호무라는 한순간 생각했다.

하지만 흙덩이는 이미 없었다. 생각해도 부질없는 짓이다.

"계획이 있으면 알려 줘요, 사이코 씨."

여전히 바닥에 드러누운 사이코에게 따졌다.

"흙 아저씨 말마따나 우선 자기 힘으로 할 수 있는 일을 생각해 봐. 항상 나한테 기대는데, 기댈 수 없을 때가 오면 어쩌려고 그러냐?"

알려 주지 않겠다는 말은 농담이 아니었나 보다.

"듣고 보니 늘 기대기는 하지만……."

"남한테 기대지 말라는 뜻이 아냐. 결과적으로 기대는 것과 처음부터 남한테 떠넘기는 건 다르다는 얘기야."

"하지만 그런 건 나도 잘 못해. 애초에 지령을 따르기만 하는 계급이었으니까."

"나도 아무 생각 없다."

"츠츠미도, 못해……."

하지만 프로토는 자신의 존재 방식에 대해 고민했다.

"……아니, 일단 생각해 볼게."

못한다는 이유로 아무 생각 없이 시키는 대로만 해서는 안 되니까.

"나랑 츠츠미가 열쇠를 찾는 건 어때? 주구 열쇠라면 간수가 가졌을지도 몰라. 의외로 금방 해결될 수도 있어."

"츠츠미 혼자, 가는 게…… 낫지 않아?"

"츠츠미 혼자서는 위험해. 그리고 신문도 잘 못하잖아? 문지기를 보니까 초커만 있으면 정말로 방심하는 것 같아. 내통자가 포로를 혹사시키는 것처럼 연기하자."

"말도, 혹사도, 잘 못해……."

프로토가 주도하기는 해도, 두 사람은 이 상황을 타개하기 위해 머리를 굴렸다.

"생각도 없이 도망쳐서 돌아가자던 누군가와는 판판이네."

"정말로 아무 생각도 없는 누군가보다는 낫죠."

호무라는 새침한 표정을 지은 진에게 눈을 샐쭉거렸다.

"나는 이 다섯 명이라면 어떤 난관도 극복할 수 있다고 믿을 뿐이다."

"빠져나가려는 거죠, 생각하기 싫어서."

"음, 안 통하나."

진은 눈을 피했다.

"싸움 실력 하나는 완벽한데 말이지."

"이제는 의외로 허당 같은 부분들이 보여요."

생각지 못한 비판에 진은 조용히 토라졌다.

그런 진과 별개로 프로토와 츠츠미는 작전이 정리된 것 같았다.

"그럼 잠시 다녀올게."

프로토는 인간의 힘으로는 꿈쩍도 하지 않던 창살을 억

지로 벌렸다.

"아, 잠깐. 생각한 건 칭찬하겠지만, 내 작전을—."

사이코가 말리기도 전에 프로토는 감옥에서 나갔고, 그 자리에 굳어 버렸다.

"어?"

프로토의 목소리가 아니었다. 츠츠미의 목소리도 아니었다.

그 소리는 감옥 밖에서 들렸다.

호무라는 벌어진 창살로 밖을 내다봤다.

그곳에는 두 마족이 있었다.

이야기에 빠져 발소리를 듣지 못했다고 후회했다.

그리고 진작 눈치챘을 진은 토라져 누운 채로 움직이지 않았다.

설마 《신체 강화》도 없이 철창을 열고 나올 줄은 몰랐던 두 사람은 넋이 나간 것처럼 움직이지 못했다.

"으음, 신문? 입막음?"

들킨 이상 그냥 돌려보낼 수는 없었다.

"신문해."

"오케이~."

프로토는 주먹을 치켜들었다.

"잠깐만요, 잠깐! 당신들에게 할 이야기가 있어서 왔어요!"

"저, 전하, 물러나십시오!"

괴력 소녀를 필사적으로 제지하는 히노메네코족 앞에 아케지시족 전사가 섰다. 아케지시족이라서 덩치는 산만 한데 허리가 뒤로 쭉 빠져 있었다.

본인은 소년을 지키려고 하지만, 보는 사람이 슬퍼질 정도로 미덥지 못했다.

"농담이야, 프로토. 아마 그 녀석이 내가 노리던 거야."

프로토가 치켜든 주먹을 내리자 두 마족은 안심했는지 그 자리에 주저앉았다.

그리고 호무라는 어떤 사실을 깨달았다.

"어라? 아까 본 사람이다."

아케지시 남성은 방금 사이코가 떠들 때 접근해 온 구경꾼이었다.

"기, 기억해 주는군……."

호무라는 기묘한 재회에 놀랐지만, 사이코는 당연한 일인 양 그 사실을 언급하지 않았다.

"그래서 할 이야기가 뭐야?"

"그 전에, 왜 내통자와 친하게 지내죠……?"

소년은 포로와 사이가 좋은 내통자를 수상하게 여겼다.

그 눈동자는 종족 이름처럼 태양같이 따스한 빛깔이었다.

"아…… 들어가, 있었어……."

"내용물은 다르니까 신경 쓰지 마."

"변신…… 마술인가요……?"

"그건 아닌데, 일단 신경 꺼도 돼."

"아, 네······."

더 엽기적인 짓을 했다. 모르는 게 약이다.

그나저나 소년은 할 이야기가 있다고 했다.

이 상황에서. 즉······.

"설마 우리 처분이 정해졌나요?! 우리 어떻게 돼요?!"

호무라는 혼란에 빠졌다.

"진정하세요. 해는 끼치지 않아요."

히노메네코족 소년은 냉정을 되찾고 일어섰다.

"안 믿어요. 아까도 그렇게 말해 놓고『처분이 결정되기 전까지는 말이지, 씨익』이라고 했다고요."

"씨익은 안 했잖아."

"정말로 진정해 주세요. 그들과는 파벌이 달라요. 그 처분이 결정되기 전에 우리가 어떻게든 도와드리려는 거예요."

"파벌이 달라······?"

"사정이 조금 복잡해요. 다만, 대가도 없이 도와드리려는 건 아니에요. 당신들을 해방하는 대신 도와줬으면 하는 일이 있거든요. 서로를 이용하자는 속내를 터놓는 편이 오히려 안심되겠죠?"

"도와주면 풀어 줘요?!"

호무라는 절실했다.

"네. 하지만 그 전에 주구부터 풀어야겠네요. 주구 열쇠는 형님의 측근이 가지고 있어요."

"형님……? 그리고 보니 방금 『전하』라고 부르지 않았어요?"

"인사가 늦었네요."

소년은 자세를 바로 했다. 젊은데도 그 자세는 늠름했고 위엄마저 느껴졌다.

"조르광 제2 왕자 루트프라고 합니다. 이쪽은 제 종자인 함자예요."

눈앞의 고양이 마족은 그렇게 이름을 밝혔다.

"왕자님이다……."

호무라는 기품 있는 인사를 보고 숨을 헉 들이켰다. 왕자라는 소개에도 의심이 들지 않았다.

"기다렸어, 왕자님."

사이코는 회심의 미소를 지으며 마침내 자리에서 일어났다.

"놀랐어요. 우리 생각을 훤히 들여다보고 계시는군요."

제2 왕자는 주구까지 차면서 자신을 만나려고 한 소녀들에게 두려움을 느끼면서도 감탄했다.

"기다려요? 무슨 말이에요?"

정말 작전이 있었다고 안심했다.

하지만 질문의 답은 그 안심감을 박살 냈다.

"쿠데타라도 일으킬 심산이지?"

"네, 맞습니다."

"네?! 맞아요?!"

이야기를 쫓아가지 못하는 호무라는 놀랄 수밖에 없었다.

사이코가 하도 느긋하게 있어서 그렇게 심각한 사정에 휘말릴 줄은 생각하지도 못했다.

"배신자 안경잡이를 신문할 때 정계가 제1 왕자가 이끄는 과격파와 제2 왕자가 이끄는 온건파로 양분됐다고 들었으니까. 그럴 때 마침 쓸 만한 병력이 도착해. 당연히 접촉하고 싶겠지."

"그런 정보는 공유받지 못했는데요?"

다만, 공유받아 봤자 좋은 생각이 떠올랐을 것 같지는 않았다.

"조르광 내부에서도 한창 격렬한 싸움이 벌어지고 있었네요……."

"아마 당신 생각보다는 평화로울 거예요. 히노메네코족은 몰라도 많은 국민이 정치에 무관심하니까요. 실제로는 극히 일부의 과격파가 극히 일부의 온건파를 일방적으로 막고 있을 뿐이죠."

"그래서 상황을 타개하려고 우리에게 협력을?"

"네. 당신들은 조르광을 함락하기 위해 파견된 전사라고 들었습니다. 비열한 함정에 빠져 움직일 수 없지만, 실력은 일류겠죠."

"아쉽게 됐네. 무리한 명령에 떠밀렸을 뿐인 말단이야."

"겸손하실 필요 없습니다."

전투력은 충분하다고 보장해 줬지만, 흔쾌히 받아들이지도 않았다.

믿지 않는 것도 어쩔 수 없지만.

"그나저나 우리가 협력해 주면 그만한 대가는 있겠지? 교섭안을 들려주실까."

"네. 일방적으로 이용할 수는 없죠. 성공하면 갈도르시아와의 부전(不戰)을 맹세하겠습니다."

"할게요!"

호무라는 즉시 대답했다. 동료를 위해서. 덤으로 양국을 위해서도.

"말씀은 기쁘지만, 조금 더 이야기를 들어 보시죠……. 만약 이게 함정이면 어떻게 하시려고요?"

"죄송합니다, 너무 급했네요……."

"저도 서로를 제대로 이해한 뒤에 협력하고 싶으니까요."

제2 왕자 루트프는 쑥스럽게 웃고 설명을 이어갔다.

"갈도르시아는 지금 마왕이 노리고 있습니다. 그런 판국에 성가신 이웃까지 상대하고 싶진 않겠죠. 그러니까 제가 형을 실각시키고 정식으로 왕이 되면 갈도르시아와 동맹을 맺어 부전 조약을 맺겠다는 말입니다."

"더할 나위 없군."

"뭔가 복잡한 사정이 있나 보네요……."

호무라에게 왕위 계승 전쟁은 역사 수업에서나 듣던 이 야기였다. 그것이 눈앞에서 벌어지고 있었다.

"우리 종족은 정치를 담당하는데, 원래 온건파가 대다수 였어요. 말이 좋아 『온건파』지 대부분은 갈도르시아가 무 서워서 강하게 나가지 못할 뿐이지만요."

루트프는 자학적으로 웃었다.

"그래서 과격파인 형님─ 아슈라프가 마왕군의 제안으로 힘을 얻었을 때, 이름뿐인 『온건파』가 과격파로 전향했습 니다. 나라를 생각해 온건한 방침을 이어가려던 아바마마 와 어마마마는 부자연스럽게 쓰러지셨고요. 아마 독을 탔 겠죠. 형님은 실질적으로 이 나라의 왕이 됐고, 그다음은 아시다시피 마왕군의 힘을 빌려 갈도르시아를 침공한 겁 니다."

"그리고 실패했다?"

"그래도 워트림을 함락하고 그 강력한 갈도르시아에 막 대한 타격을 입혔다며 선전해 국민은 열기에 휩싸여 있어 요. 우리는 역사적으로 갈도르시아에게 상대도 되지 않았 으니까요……. 가슴 깊이 묻어 뒀던 막연한 열등감을 해소 하려는 거겠죠."

루트프는 자기도 모르게 주먹을 쥐었다.

"하지만 형님이 무슨 짓을 하려는지 저는 알아요. 그 끔

찍한 주혈을 전사들에게 먹일 속셈입니다."

"아직 남아 있어?"

"아뇨, 거의 남지 않았습니다. 저번 전쟁으로……."

어떻게 사용됐는지를 떠올리고 제2 왕자는 말을 잇지 못했다.

"아마 형님은 자신의 정예들에게 주혈을 먹이려고 선동하고 있을 거예요."

"먹이려고, 선동?"

"저주는 저항하려는 정신으로 효과가 약해져요. 반대로 말하면 받아들이면 받아들일수록 효과는 강해지죠. 주혈로 이형체가 되도록 전사들을 고무하며 때를 기다리고 있을 겁니다."

"그렇다면 억지로 마신 사람은……!"

"말 인간과 개미는 자아조차 없는 잔챙이였지. 머릿수만 많으면 됐을 거야. 그래도 대원을 재료로 한 녀석들은 강했어. 대원들이 피를 받아들였다면 갈도르시아도 함락됐을지 몰라."

"루트루드 씨가 그만큼 강했던 것도 효과를 확인하고 믿었기 때문에……!"

루트루드가 도적단 보스를 이용한 것도 단순히 신중을 기하려는 의도가 아니었다.

"선동이 최고조에 달하기 전에 손을 쓰고 싶어요. 실제로 몇 번이나 그만두도록 진언했지만, 전혀 들어주지 않았어요…….”

“그렇게까지 했으면 제1 왕자가 너를 경계하지 않아?”

“저를 입만 산 겁쟁이라고 생각하니까요. 그 증거로 온건파 중에서도 특히 권력이 강하고 형님에게 거역하던 사람들은 투옥됐어요. 온건파에 남은 사람은 저와 과격파의 만행을 구경만 하는『겁쟁이』죠.”

루트프는 창살이 규칙적으로 이어진 지하 감옥을 돌아봤다.

“여기 갇힌 건, 그런 사람들이었군요.”

“네. 그러니까 이들을 위해서라도 빨리 움직이고 싶어요.”

루트프의 눈에 힘이 들어갔다.

눈앞의 왕자는 젊은 나이에도 심지가 곧은 인물이었다.

“참고로 늦든 빠르든 과격파 형님은 실각시킬 예정이었어요. 때마침 우리를 도와줄 만한 분들이 찾아왔으니까 이 기회에 이용해 먹으려고요.”

왕자가 방긋 웃었다.

“온건파, 무섭네…….”

“강인하다고 해 주시면 고맙겠네요.”

옆에 대기한 전사의 쓸쓸한 웃음을 보면 아군들도 두려워하나 보다.

“원래 이야기로 돌아가죠. 주구의 열쇠는 조심성 많은

형님의 측근이 가지고 있어요. 우선 그것을 손에 넣고 당신들을 해방해 형님을 공격할 계획이었어요. 그러지 않으면 형님에게 이길 수 없으니까."

"형이 그렇게 강해요?"

"아뇨, 강한 건 형님의 종자입니다. 그 종자, 전사장은 이 나라에서 제일가는 전사예요. 그만큼 강한 전사가 여러 명 있었으면 마왕군의 손을 빌리지 않고도 워트림을 함락했을 거예요."

"그렇게나……."

적은 강대하다고, 루트프는 말했다.

"그래도 협력해 주시겠나요?"

"할게요!"

"뭐, 거절할 이유가 없지."

"노, 놀라울 만큼 의욕이 넘치시네요……. 아니, 두 국가의 전쟁을 멈출 수 있으니까 당연하다면 당연하겠군요."

"나라를 위해서가 아니라 동료를 위해서예요."

"겨, 결례를 범했습니다."

대답을 들은 루트프는 더 놀랐다.

"이 임무에 성공하면 인간이 아닌 두 명— 츠츠미랑 프로토가 공적으로 인정받아요. 지금까지는 아무리 활약해도 모습을 드러낼 수 없었거든요. 그러니까 할 수밖에 없어요."

"동료를 위해서…… 훌륭한 마음가짐이네요."

"나는 딱히 아무래도 상관없는데."

"츠츠미도, 신경 안 써……."

"제가 싫어요! 동료가 인정받지 못하는 게."

"……그래, 알아서 열심히 해 봐."

"알아서 열심히 할게요."

동료를 생각하는 호무라와 그것을 건성으로 받아넘기는 프로토. 두 사람을 보고 루트프는 기묘한 부러움을 느꼈다.

자기 마음을 솔직하게 전한다. 이 얼마나 아름다운 일인가.

루트프는 정신을 차렸다.

이야기가 탈선하고 말았다. 전해야 할 이야기는 아직 남았다.

"이 외에도 주의해야 할 병력이 있기는 하지만, 그들은 뭐라고 해야 할지……."

조르광 외의 병력이라면…….

"설마 3인조……?"

"이미 알고 계신가요? 얼마 전 마왕군이 형님의 호위로 보낸 자들입니다. 하지만 그들의 실력은 미지수예요. 저번 워트림 습격에서도 눈에 띄는 활약을 듣지 못했어요."

함자도 3인조의 이야기를 듣고 있었지만, 도무지 모르겠다는 표정이었다.

"그래, 전투에 나간 자들에게서도 전혀 듣지 못했어. 그

3인조가 길을 뚫어 주고 자신들의 차례가 왔다는 이야기뿐이었지."

"마을 사람을 인질로 삼고서 잘도 그런 말을……."

"배신자 안경잡이에게서 캐낸 이야기에도 그 녀석들에 관한 정보는 거의 없었지."

"죄송해요, 정보를 제공할 수 없어서……."

루트프는 면목이 없다는 양 고개를 숙였다.

그러다 곧장 고개를 들었다.

"아, 제가 하고 싶은 얘기는 그게 아니라! 이 시간대에는 그들을 신경 쓰지 않아도 된다는 거예요."

"시간대……?"

시간대에 따라서 무슨 차이가 있는 것일까.

"아!"

호무라는 떠올렸다. 판타지라면 으레 등장하는 설정을.

"혹시 햇빛에 약한가요?"

"아뇨, 이 시간에는 온천에 들어가 있어요."

"웬 온천?!"

완전히 헛다리 짚었다.

"그들은 목욕을 오래 하니까 당분간 안 나와요."

"지금부터 쿠데타를 일으키려는데 묘하게 기운 빠지네요……."

"그럼 싸울 상대는 전사장 말고 다 잔챙이인가. 거기 그 녀석도 덩치는 큰데 약해 보이고."

"얕보지 마라. 나 외에는 그럭저럭 강해."

함자는 일부를 부정하고 일부를 긍정했다.

"너는 얕봐도 되냐……."

"그치만 싸움은 무서우니까……."

눈썹이 불쌍하게 내려갔다.

"이런 사람을 지키기 위해서라도 쿠데타에 성공하고 싶어요."

"구체적으로 열쇠는 어떻게 찾아?"

"여러모로 생각해 봤지만, 전사장을 해치우면 사실상 쿠데타는 성공이에요. 저주가 통하지 않는 프로토 씨가 있다면 그 점을 활용하죠. 『겁쟁이가 발버둥 치는 느낌』이 더 살아날 테니까요. 열쇠는 전사장을 해치운 뒤 넘기라고 하면 그만이에요."

"츠츠미도, 저주 안 통하는데……?"

츠츠미도 의욕을 내비쳤다.

"그랬나요? 그럼 츠츠미 씨에게도 부탁드릴게요. 물론 우리 온건파 전사들도 협력할 테니까 병력은 충분할 겁니다."

"방해되지 않게 싸워 줘. 우리는 난전에 약하니까."

"그렇게 전해 둘게요."

루트프의 표정이 조금 풀어졌다.

"생각 이상으로 즉흥적인 작전이 됐지만, 좋은 방향으로 흘러가는구만. 그쪽이 배신만 하지 않으면, 말이지."

"……그럼 거래 성립이네요."

"지금 그 침묵은 뭐예요…….."

정체 모를 침묵에 호무라는 불안해졌다.

"작전이 정해졌으면 나무를 쓰러뜨리는 바람처럼 신속하게 행동하죠."

"프로토, 츠츠미, 힘내요!"

"힘낼래……!"

"네네, 힘낼게요…… 응?"

거기서 프로토는 눈치챘다.

"우리를 위해서라고 말하더니, 왜 우리를 위해서 우리가 고생해야 해!"

"두 사람을 위해서도 둘 다 힘내요!"

"평생 여기서 살아!"

호무라의 엉덩이가 걷어차이는 차진 소리가 지하 감옥에 울렸다.

"정말로 보내도 괜찮아?"

지하 감옥을 떠나는 루트프를 바라보며 함자는 한심한 얼굴로 말했다.

"전투력은 충분하겠지."

"아니, 그게 아니라……."

참고로 츠츠미가 들어갔던 여자의 육체는 지금 츠츠미의 몸 안에 있었다.

여자가 입던 옷은 깔끔하게 개어 바닥에 놔뒀다.

잘 먹었습니다. 츠츠미의 말이 호무라의 머리에서 떨어지지 않았다.

"이제 와서 이런 말을 하기도 그렇지만, 너희는 인질이기도 해. 저 둘이 도망치면…… 그렇게 사전에 지시를 받았어."

함자는 창을 쥔 손에 힘을 넣었다.

"저 녀석들은 우리가 위험해질 행동은 안 해."

아무 망설임도 없이 말하는 사이코에게 함자는 충격을 받았다.

"……믿음이 있나 보군."

눈을 가늘게 뜨며 호무라 일행을 부럽게 바라봤다.

"믿음이라면 너한테도 있어, 햄토리."

"함자다. ……근데 뭐? 나도 믿는다고?"

갑자기 자신이 화두에 올라 함자는 조금 전과는 다른 충격을 받았다.

자신을 믿고 있다.

무슨 말인지 모르겠고 이유도 알 수 없어 그 얼굴에는

당혹스러운 기색이 역력했다.

하지만 신뢰받는다는 사실에 내심 기뻐하는데, 진의 입에서 나온 말이 또 다른 충격을 안겨 줬다.

"그래. 명령받는다고 사람을 죽일 수 있는 것처럼 보이진 않는군. 손, 떨리고 있다."

함자가 쥔 창이 가늘게 떨리며 달그락거렸다.

"그런 말인가……. 하긴……."

함자는 한숨을 푹 쉬며 그 자리에 주저앉았다.

"맞아, 이 모양이라서 나는 온건파야. 겁쟁이니까. 이런 성격이라고 들키지 않게 잘 숨기라고 전하는 명하셨지만, 방금도 『싸움이 무섭다』라고 말해 버렸지……. 사실은 나도 전사장처럼 전하를 지켜 드리고 싶은데."

함자는 한심하게 눈썹을 내리뜨고 자기의 겁 많은 성격을 한탄했다.

하지만 호무라는 그가 겁쟁이는 아니라고 생각했다.

"정말로 겁쟁이라면 왕자님을 지키려고 했을까요? 용기가 있고, 루트프 씨가 소중하니까 앞으로 나온 거 아닌가요?"

"엉덩이는 뒤로 빠졌던데."

"사이코 씨! 지금 그런 소리 하지 마세요!"

"용기라고 해 봤자……. 그때는 나도 혼란스러웠고, 또 지킬 수 있냐고 물으면 자신 없어."

"겁쟁이면 또 어때서요. 아무렇지도 않게 남을 해치는

사람보다는 나아요. 함자 씨는, 좋은 사람이에요."

"……너, 사람이 착하군."

"그렇지도 않아요. 구제할 수 없는 악인이라면 아무렇지 않게 태워 버리니까. ……아니, 거리낌 없이 태우고 싶으니까 사람을 고르는 거예요. 세상을 이롭게 한다는 변명으로 죄책감을 없애면서……."

호무라는 자조했다.

"주체할 수 없는 마음과 그것을 외면하고 싶은 마음인가……. 너도 고생이군."

함자는 마치 자기 일처럼 슬퍼했다.

"태우고 싶다, 라. 그러고 보니 옛날에 할아버지가 말씀하셨지. 『불을 빤히 들여다보지 마라, 홀린다』라고. 화염 마술에 적성이 있는 자는 불에 홀려서 그런 마음이 강해진다고도 하셨어."

"제 능력도, 그렇게 생긴 걸까요?"

호무라는 왜 자신에게 발화 능력이 생겼는지 새삼스럽게 의문을 느꼈다.

함자 말대로 인생의 어느 시점에서 불에 홀린 것일까.

손바닥에 작은 불을 밝히고 그것을 들여다봤다.

―그리고 주구가 발동했다.

"아이야아아아아아아아아아아아아아아아아아아아아―!"

"야야야, 괜찮아?! 정신 똑바로 차려! 고통이 너무 강해서 죽는 사람도 있다고!"

함자는 어떻게든 해 주고 싶지만 어떻게 해 줄 수가 없어서 발만 동동 굴렀다.

"우으……. 아파아…….."

자지러지게 웃는 사이코와 어이없어하는 진 앞에서 호무라는 체면도 내려놓고 눈물을 흘렸다.

잠시 고통에 신음하는 호무라를 감상하는 시간이 흘렀다.

"괜찮아요……. 이제 괜찮아요…….."

잔류하는 고통을 느끼면서도 호무라는 자신이 멀쩡하다고 어필했다.

"정말로 괜찮아?"

"사실 조금 안 좋아요…….."

"제발 조심해."

"봐요, 이런 저를 걱정해 주잖아요. 함자 씨는 좋은 사람이에요."

"그런 소리나 할 때가 아니잖아…….."

"네…….."

비참함을 숨기려고 칭찬해 봤는데 평범하게 혼났다.

"그런 고뇌까지 있으면서 어떻게 싸우는 거야? 나라면 내가 상처받지 않는 방향으로 도망칠 텐데."

"그거야말로 저를 위해서죠. 어느 세상이든 도망치기만 해서는 아무것도 얻을 수 없어요. 그러니까 내가 상처받더라도 내가 있을 곳을 만들기 위해서 스스로 움직이는 거예요."

"……멋있군, 그 사고방식. 나는 그런 점에서도 겁쟁이겠지. 아까는 순간적으로 몸이 움직였지만, 머리를 쓰면 싸우지도 못하고 스스로 움직이지도 못해."

"죄송해요! 기분 나쁘게 생각하지 마세요, 사정은 사람마다 다르니까! 우리는 우연히 힘을 가졌을 뿐이에요."

"야, 오냐오냐하지 마. 너도 가능한 범위에서 할 수 있는 일을 생각해."

사이코가 말한 대로 함자는 생각에 빠졌다.

"음, 할 수 있는 일이라면 너희와 대화하는 정도인가?"

"더 찾아봐……. 너 같은 녀석을 여기 두고 간 것도 강인한 제2 왕자님의 뜻이잖아?"

"그런 말을 해도 말이지……. 설마 나에게 숨겨진 힘이……있을 리가 없지. 온건파 중에서도 가장 겁쟁이니까. 분명 쿠데타에 도움이 안 되니까 여기서 감시나 하라는 거겠지. 아케지시족의 고유 마법도 못 쓰고."

"아케지시족……. 그러고 보니 너희, 이름이랑 달리 안 붉네?"

"아, 그건 지금 말한 고유 마법 때문이야.《홍련의 포효》라고 해서, 사용하면 온몸의 털에 붉은 기운이 감돌아. 그래도 싸움에 겁먹는 녀석들은 못 써. 이제 쓸 수 있는 건 전사장 정도지."

"그럼 그냥 사자족이잖아."

"맞아, 그냥 사자족이야…….《홍련의 포효》를 쓸 수 있을 만큼 강한 마음이 있으면 저쪽에 데리고 가 줬겠지."

함자는 몇 번째인지 모를 한숨을 쉬었다.

"아, 위험해지면 여기서 도망치게 해 줄 수는 있어."

"감옥을 열 뿐이잖아."

"지금은 그 정도밖에 할 수 있는 일이……."

"그래도 이야기를 나누다 보면 왠지 온건파를 돕고 싶어져요, 우리 사정과는 별개로. 지켜 주고 싶다고 해야 하나."

"더 한심해지니까 그러지 마……."

함자는 풀이 죽었다.

보호 욕구를 자극하는 한심함이었다.

"커다란 고양이 같아."

호무라가 중얼거렸다.

호무라는 수인형 마족에게서 애완동물 같은 귀여움을 느끼고 있었다.

특히 고양이 왕자 앞에서는 마구 쓰다듬고 싶은 욕망이 흘러나올 뻔했다. 만지고 싶다.

하지만 진짜로 했다가는 국제 문제로 발전하므로 꾹 참고 있었다.

"함자 씨와 달리 루트프 씨는 온건파인데 적극적이네요."

"맞아. 게다가 그런 성격이라고 알게 된 것도 바로 얼마

전이야. 지금까지 한 번도 제1 왕자에게 거스르지 않으셨거든. 그런데 과격파가 힘을 키우자마자 온건파의 마음을 몰래 붙잡으셨어. 누구를 자기 곁에 둘지도 진작 정해 놓으셨고. 처음에는 놀랐지만, 나라를 지킨다는 건 그런 거겠지."

함자는 제2 왕자 루트프가 자랑스럽기도 하고 두렵기도 했다.

"언제부터 그렇게 그랬을까. 처음부터였을까⋯⋯? 역시 붉은 머리 아가씨가 말한 것처럼 우리가 있을 곳을 만들기 위해서 언젠가 움직일 생각이었을까."

그렇다면 어디에서? 사자는 생각했지만, 머리가 좋지 않은 자신이 생각해 봤자 의미 없다며 금방 생각을 그만뒀다.

"지금도 전하의 본심은 모르겠지만, 나라를 생각하는 마음이 진짜란 건 알아."

그는 자랑스럽게 웃었다.

왕자는 두 사람을 데리고 지하 감옥 출구로 걸어갔다.

"동료와 떨어져서 하는 말이지만, 도망치려고 하면 신호를 보낼 거예요."

왕자는 가볍게 손 휘파람을 불어 보였다.

"이게 감시병인 그에게 들리면 당신의 동료는 그 자리에서 처형돼요……라고 협박하고 싶지만, 그 사람이 그러지 못한다는 건 이미 들켰겠죠. 최대한 의연하게 있으라고 일러뒀는데 말이에요."

"말실수하지 않았어도 그러지 않을 거라고 생각했어. 악의에 민감한 진이 아무 말도 하지 않았으니까."

츠츠미도 동의했다.

"당신들을 얕봤어요. 그 정도로 서로를 신뢰하다니, 부럽네요."

루트프는 슬픈 듯, 분한 듯, 복잡한 표정을 지어 보였다.

"죄송합니다. 왕족은 언제나 권모술수 속에서 살아가느라 이렇게라도 하지 않으면 마음이 놓이지 않아요."

"신뢰……. 이게 신뢰인가?"

"츠츠미도, 모르겠어……."

"그냥 귀찮은 일을 떠넘기는 기분인데, 과연 어떨까."

처음에는 그게 더 편하다는 이유로 판단을 맡겼다. 하지만 지금은 그렇지 않다고 느꼈다.

"그러는 너도 그 햄토리랑 믿음으로 이어진 거 아니야?"

"햄토리……? 함자 말인가요? 저는 그를 신뢰하지만, 그는 저를 신뢰할지……."

"싸움이 무서운 주제에 너를 지키려고 앞을 막아섰잖아? 허리는 뒤로 쭉 빠져 있었지만. 며칠 전에 자기 이익만 챙기려고 나라를 배신한 인간을 봤는데, 햄토리는 그러지 않았어."

"그건 제가 왕자라서…… 그리고 이 눈의 힘 때문이에요."

루트프는 태양빛 눈을 가리켰다.

"마안이야?"

"네. 히노메네코족은 마안을 갖고 태어나요. 이 《태양의 눈》은 본 사람을 매료해 자신을 지키게 하죠. 우리는 그렇게 살아남은 종족이에요."

왕자는 종족의 역사를 말하며 자조했다.

타인을 이용해 살아남은 종족이라고.

"……그런 것치고 내 동료는 매료되지 않은 것 같던데."

"《태양의 눈》은 먼 옛날의 이야기고, 지금은 아무런 효과도 없다고 전해져요. 하지만 저는 그렇게 생각하지 않아요. 사실은 지금도 희미하게, 자각할 수 없을 정도의 효과가 있다고 생각하죠. 그래서 함자는 저 같은 걸……."

루트프는 고개를 숙였다.

타인을 매료하는 마안의 존재가 루트프의 자신감을 앗아가고 있었다.

"……그건 당사자끼리 해결해."

"어려운 문제네요. 면전에서 물어도 그게 본심인지 확인할 수가……. 아니, 이건 지금 생각할 게 아니지."

왕자는 고개를 휘휘 저었다.

"아무튼 도망가지 말아 주시면 고맙겠어요."

"안 가. 두들겨 패면 기분 좋아질 상대인걸."

"이젠 당신들을 믿어도 될지 확신이 안 서네요."

왕자는 인선을 의심했다.

"걱정하지 마. 화평도 덤으로 딸려 오니까 제대로 싸울게."

"역시 화평이 덤인가요……."

왕자는 오히려 이보다 좋은 인선이 없다고도 생각했다.

"게다가 개인적으로도 돕고 싶은 기분이야, 너희를."

"우리를요?"

"발버둥 치는 너희를 보면 왠지 나도 열심히 해야겠다는 생각이 들어."

"그랬나요. 그럼 함자에게 감사해야겠네요. 그 덕분에 제가 발버둥 치고 있으니까."

긴 복도를 걸으며 프로토는 그의 마음에 귀를 기울였다.

"감시를 맡긴 그 청년, 미덥지는 못하지만, 그만큼 착한 사람도 드물어요. 단순한 겁쟁이는 아니에요. 온건파라도 보통은 갈도르시아에 대한 울분이 다소 있게 마련이에요. 저도 예외는 아니고요. 희생이 발생하지 않는다면 갈도르시아를 지배하고 싶다. 그 정도 야심은 저한테도 있어요."

"희생 없이……? 너무 꿈이 크지 않아?"

말 그대로 꿈같은 이야기. 실현 불가능한 망상.

"네, 맞아요. 겨우 그 정도인, 겁쟁이 같은 『비원』이죠.

그래도 그는 진심으로 갈도르시아와 함께 평화의 길을 걷기를 원해요. 단순히 자신이 상처받기 싫은 게 아니라, 다른 이도 상처받지 않기를 바라니까. 나라를 휩쓴 열풍에도 그 마음은 흔들리지 않았어요. 본인은 겁쟁이라서 그렇다고 말하지만, 저는 그를 보고 왕족으로서 해야 할 일을 깨달은 거예요."

"햄토리도 너를 모실 수 있어서 다행이라고 생각하지 않을까?"

"그러면 좋겠네요……."

왕자는 자신감 없는 대답을 얼버무리려고 머쓱하게 웃었다.

"……수다는 여기까지만 할까요."

지하 감옥을 빠져나와 햇살이 내리쬐는 지상으로 나왔다.

호무라 일행이 있던 지하 감옥은 본래 정치에 방해가 되는 귀족을 감금하기 위한 시설로, 궁전 끝에 위치했다.

당연히 지상에는 곳곳에 사자 전사들이 배치되어 있었다.

그중에도 루트프파는 있었고 제2 왕자를 보자마자 신호도 없이 뒤를 따랐다.

아슈라프파 전사들은 제2 왕자와 이방인을 봐도 처음에는 당혹스러워할 뿐이었다.

하지만 제 위치를 벗어나 제2 왕자를 따르는 전사가 늘어나자 겨우 이상 사태를 깨달았다.

"무슨 일입니까! 멈춰 주십시오, 전하!"

말리는 자들도 설마 쿠데타는 아니겠거니 반신반의하는 상황.

"멈춰 주십시오!"

"비켜."

마침내 그중 한 명이 무력을 행사하려고 했을 때, 프로토와 츠츠미가 중심이 되어 과격파 소탕이 시작됐다.

거기서부터는 쉬지 않고 내달렸다.

알현실은 궁전 가장 안쪽에 있었다.

루트프가 그 문을 힘껏 열어젖혔다.

그곳은 궁전 안에서도 특히나 호화롭게 장식되어 있었다.

"뭐냐, 소란스럽게."

왕좌에 몸을 파묻은 히노메네코족 청년이 말했다.

제1 왕자, 아슈라프였다.

태양을 본떴을 황금색 목걸이, 그 중심에는 태양색 결정이 있었다.

방에는 우람한 사자 전사 몇 명이 대기하고 있는데, 그중 제1 왕자 바로 옆에 있는 자가 전사장 같았다. 위압감이 다르다. 혼자만 전투로 생긴 상처가 눈에 띄고 갈기에 검붉은 털이 섞여 있었다.

제1 왕자는 생각지도 못한 사태에 상황 파악이 되지 않는 듯했지만, 프로토와 츠츠미를 보고 표정이 험악해졌다.

"이게 뭐 하자는 거냐."

"한 번 더 묻겠습니다. 생각을 바꾸실 의향은?"

"없다."

"그렇다면 그 자리에는 제가 앉겠습니다."

루트프는 당당했지만, 그를 따르는 전사 중에는 전사장을 보고 귀를 아래로 접는 자가 많았다.

"너만은 봐주려고 했건만, 미련한 녀석……. 조금 당해 봐야 정신을 차리겠군."

제1 왕자가 손가락을 튕기자 옆 방에 대기하던 근위병들이 몰려나왔다. 모두 온건파 전사보다 몸이 다부졌다.

"대체 뭘 하고 싶은지 모르겠군. 아무리 갈도르시아의 전사라도 주구를 찬 상태로는 제대로 싸우지 못하겠지. 루트프, 너는 당분간 지하 감옥에서 지내라."

왕자가 손을 앞으로 내리자 전사들이 서서히 접근해 왔다.

"나 원, 이런 중요한 시기에……. 어이, 동생에게는 상처 하나 내지 마. 절대로. 나머지는 죽여도 돼."

아슈라프는 여유를 부리며 도망치려고도 하지 않았다.

그 모습을 보고 프로토는 무심코 입꼬리를 올렸다.

"아쉽지만, 저주는 안 통해."

프로토는 회심의 미소를 짓고 보란 듯이 초커를 뜯어 버렸다.

주구를 믿던 아슈라프에게서 순식간에 여유가 사라졌다.

"어—?"

그저 주구가 통하지 않아서 놀란 게 아니었다. 갈도르시아에서 보낸 정예 전사들이 아무런 구속도 없이 자기 눈앞에 서 있다는 사실에 공포를 느낀 것이다.

그리고 츠츠미도 초커를 뜯으려고 했다. 하지만…….

"흠……!"

힘이 부족해 도무지 뜯을 수가 없었다.

"어, 음……. 뭐냐, 그 입가가 새빨간 꼬마는……."

지적받은 츠츠미는 입에 묻은 피를 소매로 닦았다. 내통자 여자를 **정리**한 흔적이었다.

"츠츠미는 안 하는 게 낫지 않아? 억지로 벗기면 고통이 아니라 즉사라고 하니까."

"그랬지……."

저주에 내성이 있어도 즉사 수준의 강한 효과를 얼마나 견딜 수 있을지는 미지수였다.

생각을 바꾼 츠츠미는 뼈로 된 날개를 서서히 꺼냈다.

"실내인데 독가스를 뿌려도 돼?"

프로토는 뒤에 있는 루트프와 전사들을 신경 쓰며 물었다.

"괜찮아. 새로운 전법, 시험할래……."

"오, 병기다운 말을 하네?"

"에헤헤."

"그럼 손 좀 풀어 볼까."

프로토는 두 주먹을 부딪쳤다.

그게 전투의 신호탄이 된 것처럼 전사들이 덤벼들었다.

"뭔지 모르겠지만, 따끔한 맛을 보여주므아아아아아아아아악―!"

그리고 프로토에게 얻어맞고 날아갔다.

안 되겠다 싶었는지, 표적을 츠츠미로 옮겼다.

"이 쪼끄만 녀석이라면―!"

하지만 츠츠미는 팔을 똑바로 뻗고 엄지와 검지를 세워 손가락 총 포즈를 잡았다. 그리고 팔을 따라서 날개를 뻗어 그 끝부분을 달려오는 전사들에게 겨눴다.

"빵."

기운 빠지는 총소리를 입에 담은 순간, 공기가 터지는 소리가 났다.

"으, 아악! 뭐야, 뭔가 꽂혔어―!"

전사의 몸에는 가느다란 바늘이 꽂혀 있었다.

"겨우 이런 걸로…… 응? 몸이…… 안 움직……."

서서히 입도 굳고, 전사는 쓰러졌다.

"공기총이야? 좋은데?"

날개 끝에서 독가스가 연기처럼 피어오르고, 바로 바늘 형태의 뼈가 자라났다.

"뼈탄, 날려 봤어……."

날개로 뿌리는 독보다 소량이지만, 뼈탄에 묻은 독이 직접 체내로 들어가 상대방을 마비시킨 것이었다.

그때부터는 두 사람은 한껏 날뛰었다. 아무리 수적으로 불리해도 상대방은 싸움에 익숙하지 않았다. 물량 공세로 밀어붙일 생각이었나 보다.

프로토는 무작정 돌진하는 전사를 붙잡고 붕붕 돌려 던졌다. 츠츠미는 자신을 잡으려는 손을 조용히 피하며 단검으로 찌른 뒤, 높이 뛰어올라 뼈탄 라이플을 쐈다.

"빵, 빵."

날아간 전사가 바닥을 깨고, 빗나간 뼈탄이 벽에 꽂혔다.

"그만—! 알현실이 무너져!"

아슈라프가 아우성쳤다.

"혹시, 우리는 필요 없었나요?"

루트프는 아연실색했다.

"전사장, 그 녀석들은 어디 있어! 왜 안 나와!"

아슈라프는 옆에 있던 전사장에게 윽박지르다시피 물었다.

루트프가 말하던 「주의해야 할 병력」이었다.

"죄송합니다, 폐하. 이 시간이라면 녀석들은 온천에 있을 겁니다."

정말로 온천에 갔나 보다.

"이 중요한 때에! 이제 됐다. 전사장, 네가 나가라! 온몸에 털도 안 자란 원숭이를 없애 버려!"

그 말을 듣고 전사장의 입꼬리가 올라갔다.

마지막까지 움직이지 않던 전사장이 움직였다.

"그럼 귀를 막고 계십시오."

전사장은 드디어 싸울 수 있다고 환희했다.

거대한 검을 들고 크게 숨을 들이켠다.

그리고, 짖었다.

"우워어어어어어어어어어어어어—!"

살을 파고드는 듯한 포효와 함께 전사장의 털이 붉은 빛을 띠기 시작했다.

"나, 나왔다! 전사장의《홍련의 포효》……!"

온건파 전사뿐 아니라 전사장의 부하들도 전율했다.

본래 아케지시족이라면 누구나 쓸 수 있는 고유 마법이지만, 전투와 인연이 멀어진 대부분의 아케지시족은 쓸 수 없게 된 기술이었다.

전사장만은 나라를 지키기 위해서 적극적으로 마수를 사냥하며, 사라져 가는 고유 마법을 지켜내고 있었다.

《홍련의 포효》를 쓴 전사장이 한 걸음을 디딜 때마다 바닥이 깨졌다. 단순한《신체 강화》가 아니라 몸에 두른 **기운**이 폭발적으로 팽창했다.

"온건파와 함께 모조리 죽여 주마."

전사장은 날카로운 송곳니를 드러냈다.

흥분을 주체하지 못하는지, 입가로 계속해서 침이 흘러내렸다.

"간다, 갈도르시아의 전사!"

전사장이 뛰어들었다.

그 결과, 프로토와 츠츠미에게 일방적으로 두들겨 맞았다.

"이 사람, 실력이 너무 과대평가 되지 않았어?"

프로토는 정신을 잃은 전사장을 내려다봤다.

"아뇨, 당신들이 너무 강한 거예요……."

"이 나라에서 제일가는 전사라길래 기대했는데……."

갈도르시아 전사와의 실력 차이에 온건파도 과격파도 안색이 창백해졌다.

루트프는 입을 다물지 못하는 형에게 고개를 돌렸다.

"어떻습니까? 계속 저항하시겠습니까?"

"흥! 당장은 너에게 승리를 양보하마. 하지만 나는 마왕군과 손을 잡았다는 사실을 잊지 마."

아슈라프는 저항하지 않고 주구를 목에 찼다.

"츠츠미, 언제 그런 기술을 터득했어?"

"혼의 형태…… 바뀌는 감각, 대강 알게 됐어……."

"아, 사이코가 너무 가지고 놀았네."

츠츠미는 스스로 혼의 형태를 조금 바꿔서 자기 몸을 무기로 만들 수 있게 됐다.

"이러면, 폐 안 끼쳐도, 돼."

싸울 때 항상 주위를 신경 쓰던 츠츠미는 함께 싸울 수 있게 되어 기뻐했다.

"사실 나한테는 독이 안 통하지만, 외부 표피가 상해서 신경 쓰였거든. 바로 자동 수복되니까 안 될 건 없지만."

프로토는 탄력 있는 인공 피부를 손가락으로 콕콕 찔렀다. 그리고 알현실을 돌아봤다.

"의외로 싱겁게 끝났네. 더 싸우고 싶은데."

산처럼 쌓인 부상자와 난장판이 된 알현실. 그래도 프로토는 만족하지 못했다.

"배, 고파……."

"먹으면 안 된다?"

"으으, 알아……!"

츠츠미는 프로토를 톡 때렸다.

온건파는 과격파들에게 주구를 채우고 있었다.

"그럼 열쇠를 받으러 형님의 측근과 만나고 올게요."

"다녀와."

루트프는 인사한 뒤 함자를 데리고 떠났다.

"자, 우리도 그 녀석들에게 찬양받으러 가자."

"응……!"

5장　그래, 조르광을 돌아보자!

By My Flame the World Bows Down
The Neighboring Nation, Silenced

"아, 겨우 초커에서 해방됐네. 다시는 차기 싫어."

호무라는 목을 문질렀다.

거의 폐허가 되어 버린 알현실에서 루트프는 왕좌를 감개무량하게 바라봤다.

"지금 당장 앉고 싶지만, 아직은 이르겠죠."

그러고는 주구에서 해방된 호무라 일행을 향해 돌아섰다.

"정말로 큰 은혜를 입었네요. 감사합니다."

루트프는 공손히 감사를 표했다.

"왕의 증표도 무사히 되찾았어요."

그 손에는 아슈라프가 차고 있던 태양 목걸이가 들려 있었다.

"이제 우리가 소동을 수습할 때까지 기다려 주세요. 아직은 쿠데타가 성공했다고 발표할 수 없어서요."

"무슨 일이 생기면 또 힘을 빌리고 싶어서 그러지?"

"네, 무슨 일이 생길지 모르니까요."

"앞으로 어떻게 할 생각이에요?"

"일단 형님과 그 추종자들을 잠시 유폐하고, 흥분이 가라앉으면 이야기를 나눠 봐야죠."

"이야기, 들어줄까요?"

갈도르시아를 함락하려는 과격파와 말이 통하리라고 생각하지 않았다.

그건 루트프도 마찬가지 같지만, 씁쓸한 표정을 보인 것은 잠깐뿐이었다.

"어렵겠죠. 하지만 억지로라도 밀어붙이지 않으면 형님과 과격파— 아니, 조르광은 파멸의 길을 걸을 거예요. 저도 이러고 싶지는 않아요. 그래도 제가 해야만 합니다."

루트프의 따스한 눈동자에는 확고한 의지가 깃들어 있었다.

"대견하네요. 우리는 하고 싶은 대로만 하는데."

"하고 싶은 대로만 했으면 여긴 오지도 않았지."

"……그러네요!"

듣고 보니 말 같지도 않은 명령 때문에 왔었다.

"이러니저러니 해도 즐거워서 잊고 있었어요. 우리도 대단하네요!"

"이번에는 거의 나랑 츠츠미만 활약했는데."

"했는데……!"

두 사람이 항의의 시선을 보냈다.

"으으, 제가 한심해요……!"

"나도 마찬가지다. 이번에는 신문밖에 안 했나?"

"나는 신문에 더해 왕과 왕비도 치료했어."

해방된 사이코는 가장 먼저 두 사람을 치료하러 갔었다.

"무사해서 다행이에요."

"체력도 소모했고, 아직 회복하려면 시간이 걸리겠지만. 똑바로 요양시켜."

"진심으로 감사드립니다. 우리나라의 치유 마술 수준으로는 포기할 수밖에 없었어요. 덕분에 제가 정식으로 왕위를 계승할 수 있겠네요. 이제 갈도르시아와 화평을 맺을 수 있어요."

루트프는 방금보다 더 깊이 머리를 숙였다.

"야아, 조르광을 함락하라고 들었을 때는 눈앞이 깜깜했는데 이런 방식으로 목적을 달성해서 다행이에요."

"나는 더 싸우고 싶지만."

"지금은 화평이 가까워진 걸 기뻐하죠."

"정말로 감사합니다. 그리고 화평을 맺은 뒤 우리나라에 치유 마술 지식을 전파해 주시면 더욱 고맙겠네요."

"왕자님은 벌써 다음 일을 생각하고 있네요……."

명불허전의 강인함이었다.

"그건 우리가 할 수 있는 일이 아니니까 직접 교섭해."

"나라를 위해서라면, 뭐든 할 생각이에요."

치유 마술 지식을 간절히 원하는 모양이었다.

"그렇게까지……. 갈도르시아의 치유 마술이 뛰어나다는 이야기는 들었지만, 갈도르시아에서 벗어나니까 얼마나 귀중한 소질인지 알겠네요."

"적성 소유자가 태어나기 쉬운 혈통을 꽉 쥐고 있으니까."

"그런 거까지 관리하는구나……."

갈도르시아의 어두운 부분을 조금 엿본 기분이었다.

"게다가 마족은 마술 적성이 편향되기 쉬워요. 《신체 강화》외에는 종족의 고유 마법밖에 못 쓰는 사람이 대부분이죠. 그러니까 앞으로는 마술 사용을 금지한 인간에게도 적성 검사를 할 생각이에요."

아주 조금이나마 인간의 처우도 나아질 듯했다.

게다가 화평을 맺으면 갈도르시아가 침공해 올 위험은 사라진다. 침공할 필요도 없어진다. 인간들이 방패가 될 일도 없다.

"그러면 우리는 이제 합당한 대접을 받을 수 있나?"

사이코가 히죽거리며 묻지만, 그건 에두른 요구였다.

"네, 나라를 위기에서 구해 주셨으니까요."

"오, 좋은데? 그렇게 나와야지."

사이코는 기뻐하며 덩실거렸다.

"바로 돌아가지 않아도 괜찮아요?"

"무슨 일이 있어도 저쪽에서 알아서 하겠지."

"……그러네요! 호국 성순장이 없어도 강한 사람은 많으니까 좀 놀아도 되겠죠!"

호무라는 아주 조금 불안을 느꼈지만, 사실 놀아도 된다는 명분을 얻고 싶을 뿐이었다.

"마음 같아서는 왕궁에서 대접하고 싶지만, 지금은 좀……."

루트프는 미안하다는 듯 말끝을 흐렸다.

쿠데타가 벌어져 왕궁은 어수선한 상황이었다.

"상황이 상황이니까요, 그렇게까지 신경 써 주실 필요 없어요. 우리도 마음이 불편한걸요."

"나는 신경 안 쓰는데."

"좀 쓰세요."

"왕궁은 아니지만, 융숭하게 대접해 드릴 수는 있어요. 이와야네즈미족은 정성스러운 대접이 특기니까 그들에게 맡기려고요."

"오히려 그게 기뻐요!"

호무라는 왕궁에 도착하기 전에 얼핏 본 작고 귀여운 마족을 떠올렸다.

"여러분을 시중할 이와야네즈미 무나라고 합니다."

어른스러운 분위기의 이와야네즈미족이 인사했다.

"잘 부탁드려요, 귀여운 분이 오셨네요!"

"후후, 저 같은 아줌마를 칭찬해도 아무것도 안 나와요."

"저, 젊어 보이시는데……."

"어머나, 별말씀을."

무나는 뺨에 손을 댔다.

겉모습이 소녀 같아서 젊은 사람으로 착각하고 말았다. 아줌마라고 자칭할 연세인가 보다.

"그럼 따라와 주세요."

무나에게 안내받아 왕궁을 나왔다.

왕궁 입구 쪽은 히노메네코족의 거주구로, 마당이 있는 호화로운 집들이 서 있었다.

그리고 그 한복판에 거대한 석상이 세워진 광장이 있었다.

"오오."

호무라는 그것을 올려다보며 감탄했다.

"이 석상은 조르광 건국의 삼영웅이에요."

조르광을 지배하는 세 마족이 석상 받침대 위에 줄지어 있었다.

그리고 받침대에는 뱀 무늬가 새겨져 있었다.

"아, 이거 땅뱀이에요?"

검게 칠한 뱀은 오는 길에 만난 땅뱀을 연상케 했다.

"잘 아시네요. 먼 옛날, 우리 세 종족은 땅뱀에게 고통받았어요. 그래서 각 종족의 영웅이 힘을 합쳐 퇴치했답니다. 그 후로 땅뱀은 이 땅에 다가오지 않게 됐고, 우리는 안주할 땅을 얻었다는 이야기예요."

"와, 우리가 본 땅뱀도 창이 박혀 있었어요."

받침대에 새겨진 땅뱀의 머리에도 창이 꽂힌 듯한 묘사가 있었다.

"……설마 여러분, 전설의 땅뱀과 만나신 건가요!"

무나가 흥분해서 물었다.

"어라, 혹시 돕지 말았어야 했나? 창 뽑아 버렸는데."

프로토가 웬일로 불안해 보였다.

"글쎄요……. 그래도 우리나라에는 원한이 있을 거예요. 게다가 우리 이와야네즈미족은 땅뱀이 좋아하는 먹이기도 하고요."

"한입 사이즈긴 하네."

"옛날에는 땅뱀에게서 도망치려고 암벽에 구멍을 파고 살았대요."

무나는 손으로 벅벅 긁는 흉내를 냈다. 이와야네즈미라는 이름대로 굴 파기가 특기인 모양이었다.

"꽤, 괜찮을 거라고 빌어요! 자, 계속 갈까요!"

불길한 상상을 하고 싶지 않은 호무라는 억지로 이야기를 끊었다.

호무라 일행은 광장을 빠져나왔다.

걸음을 옮기는 사이 풍경은 아케지시족 거주구로 변했고, 여러 가지가 그 체격에 맞게 커졌다.

"다양한 종족이 있으니까 마을 풍경에도 개성이 드러나네요."

"체격이 다르니까 아무래도 이렇게 되더라고요."

하지만 그곳을 지나자 갑자기 모든 것이 작아졌다.

이와야네즈미족의 거주구에 들어온 모양이었다. 그래도 이와야네즈미족은 인간과의 가교 역할을 하기 때문인지, 인간 크기에 맞는 건물도 몇 군데 있었다.

이와야네즈미족은 지배 계급이라도 세 종족 중 최하층민이었다. 들기로는 인간과의 가교 외에도 정치 계급인 히노메네코족의 시중을 드는 역할이라고 한다.

그들은 외모가 젊어서 소년소녀로밖에 보이지 않았다.

호무라는 들키지 않도록 조용히 흥분했지만, 동료들은 그 충혈된 눈을 다 알고 있었다.

거기에 이성을 부수는 소리가 들렸다.

"거기 언니~, 우리 가게로 와. 잘해 줄게~."

"갈게요~!"

한 치 망설임도 없는 대답이었다.

호무라는 살충등에 끌리는 벌레처럼 호객꾼에게로 진로를 틀었다.

"가지 마!"

사이코가 필사적으로 막았다.

"그냥 마사지예요! 아마!"

"그냥 마사지인데요?"

무나도 그냥 마사지라고 한다.

"아니, 가지 말라면 가지 마. 뭔가 위험한 냄새가 나."

그래도 사이코는 말렸다.

"나중에 무조건 온다……."

호무라는 분해서 피눈물이라도 흘릴 기세였다.

안내받은 여관은 귀빈용 숙박 시설이었고, 왕궁만큼은
아니어도 호화로웠다.

"예쁘다—!"

호무라는 순식간에 분개를 잊고 여기서 지낼 나날을 상
상했다.

"후후, 마음에 드셨나요?"

"너무 좋아요!"

TV에서 본 고급 호텔이 연상되어 말 그대로 꿈만 같은
기분이었다.

"폭신폭신한 침대다~!"

호무라는 침대에 다이빙할 뻔했지만, 일보 직전에서 멈
췄다.

"……그 전에 목욕부터 해야겠네요. 야영만 하느라 더러
워진 몸으로 침대에 다이빙할 뻔했어요."

호무라 일행은 오랜 여행으로 행색이 꼬질꼬질했다.

그런 상태로 새하얀 시트를 더럽히고 싶지는 않았다.

"욕실은 방에도 있지만, 대욕탕을 추천할게요. 아름다운 경치를 볼 수 있는 노천탕이랍니다. 다만, 탕이 깊지 않아서 여러분에게 맞을지 어떨지……."

"그렇게 얕아요?"

"네. 그래서 보통은 저희 이와야네즈미밖에 이용하지 않아요."

"갈게요~!"

한 치 망설임도 없는 대답이었다.

귀여운 이와야네즈미만 있는 파라다이스.

"야, 예비 범죄자한테 미끼 던지지 마."

"여러분도 그 경치를 봐 주셨으면 해서……."

무나는 무슨 말인지 몰라 곤혹스러워했다.

"이런 기회는 두 번 다시 없을지도 모른다구요!"

호무라가 진짜로 울었다.

"그만, 한 번뿐이다?"

호무라의 추태와 무나의 슬픈 얼굴에 못 이겨 사이코는 마지못해 허용했다.

"후우우우우우우우우우우우우—!"

기쁨에 겨운 나머지 호무라는 미친 듯이 춤췄다.

대욕탕까지는 꽤 거리가 있었다. 안내받은 대욕탕 탈의

실에서 호무라 일행은 입욕용 욕의를 받았다. 천은 탄탄하고 비칠 염려도 없을 듯했다.

"욕의는 처음 입어 봐요."

옷을 입고 목욕탕으로 들어가는 게 어색했지만, 단순히 문화의 차이겠거니 생각했다.

"나 참, 왜 몸체 세정 따위가 어디서나 『문화』로 발전하는 거람. 이해가 안 돼. 이 상태도 옷을 입은 거나 마찬가지인데."

프로토는 옷을 일일이 입고 벗기를 귀찮아했다.

"우리가 보면 알몸이라도 프로토의 진짜 몸은 그 안에 있으니까요."

"입는다면 금속 옷이 좋아……."

"그 감각은 전혀 모르겠네요……."

외계 생명체와의 상호 이해는 아직 갈 길이 멀다.

애초에 금속 옷이 뭐냐고 묻고 싶었다.

옷을 갈아입은 호무라 일행은 대욕탕의 문을 열었다.

그리고 목욕을 하면서 옷을 입는 이유를 알았다.

"호호호호호호, 혼욕!"

욕의의 차이로 알았지만, 귀여운 이와야네즈미족 남녀가 목욕을 즐기고 있었다.

상상을 초월하는 파라다이스가 펼쳐졌다.

대욕탕 자체의 절경 따위 호무라의 눈에는 들어오지도

않았다.

"죄송해요! 저희에게는 당연한 일이라서 깜빡했어요!"

"여기 살고 싶어요……."

"마음에 들었다……는 말씀인가요?"

안내인은 다른 네 명을 돌아봤다.

"천한 욕망이 채워졌다는 뜻이다. 걱정하지 마라, 허튼 짓을 하면 내가 처단하지."

"가급적 평화롭게 부탁드릴게요……."

"경치도 봐."

선두에 선 사이코는 이곳의 경치에 눈이 동그래졌다.

"음. 이런 게 바로 절경이지."

나라 중앙의 거대 결정을 등지고 대욕탕은 부채형으로 펼쳐져 있었다.

계단밭 같은 하얀 지형을 천연 욕탕으로 이용한 것이었다. 푸른빛을 띤 물과 하얀 계단이 만들어 낸 경치는 그야말로 자연이 빚은 예술품이었다.

물은 푸른 결정이 만들어 내지만, 그것을 데우는 것은 붉은 결정 같았다. 여기저기 솟아난 붉은 결정 주위에는 특히 수증기가 자욱했다.

"그릇 위에 귀여운 동물을 올려놓은 것 같아서 굉장히 아기자기하네요."

호무라는 이제야 경치에 눈길을 줬다.

계단밭을 욕조로 쓰기 때문에 필연적으로 탕은 얕았다. 체구가 작은 이와야네즈미족만 이용하는 이유도 알 만했다.

물은 성벽 밖으로도 흘렀고, 그건 인간이 이용하는 듯했다.

호무라 일행은 조르광의 온천욕을 즐겼다.

"속된 감정을 빼고 보더라도 좋은 곳이네요."

"가끔은 이런 것도 괜찮네."

"때도 밀어 주고 눈이 가는 곳마다 귀여운 아이가 한가득. 아아, 이곳이 천국이구나."

"우……!"

호무라가 이와야네즈미에 정신이 팔리자 츠츠미가 몸을 찰싹 붙였다. 귀엽게 질투하는 모양이었다.

"제일 귀여운 건 츠츠미야~!"

바로 끌어안아서 머리를 마구 쓰다듬었다.

"츠츠미도 넘어가 버렸구만."

"평화로운 세계가 되면 언제나 이렇게 살 수 있겠죠?"

"마왕을 해치울 이유가 늘었군."

"편하게 살고 싶으니까 마왕님은 사라져 줘야겠어요."

욕망을 위해서 사라졌으면 좋겠다.

"그러고 보니 마왕을 해치운 뒤에 우리는 뭘 하면 좋을까요? 계속 섬검대에서 싸우게 될까요?"

"글쎄다. 그것도 차차 생각해야지. 나는 최고 걸작을 만

든다고 정해 뒀지만."

"그 최고 걸작을 만드는 건 상관없는데, 문제는 일으키지
마세요. 마왕 다음은 사이코 씨……라는 전개는 싫으니까."

"걱정 마셔. 덤빌 엄두도 안 나는 걸 만들 테니까."

"마왕 이상이 돼서 어쩌려고요……."

정말로 할 것 같아서 무섭다.

"나는 요도 대장장이를 찾을 거다. 그 녀석뿐 아니라 세
상에 위협이 되는 주구를 만드는 자를 사냥할까."

"그러고 보니 그랬죠."

진은 전부터 정해 둔 목적을 말했다.

그 마을에서 일어난 비극을 반복하지 않도록.

"저는…… 느긋한 삶도 좋지만, 부조리하게 고통받는 사
람들을 도우면서 마음속 욕구를 발산할 겸 전 세계를 돌아
볼까요."

호무라는 손끝에 불을 밝혔다.

"갈도르시아뿐 아니라 더 넓은 세계의 사람을 돕는 부대
를 만들도록 부탁해 볼게요."

"마왕을 해치울 만큼 강해지면 평생 주술원에 갇히는 거
아니냐?"

"아, 그 가능성도 없지는 않네요!"

"나는 딱히 없어. 아무나 따라갈까."

"츠츠미는…… 어떡하지."

확실한 전망이 있는 사람이 있는가 하면 없는 사람도 있었다.

"아직 미래의 일이니까 천천히 생각해도 돼."

"하긴, 우선 마왕부터 해치워야지."

아직 먼 미래의 목표, 그 너머의 이야기였다.

목욕 후에는 식사였다. 조금 이르지만, 저녁을 먹기로 했다.

"재료는 근처 농원에서 와요. 여기 오기 전에 보지 못하셨나요?"

"그러고 보니 나라에 들어오기 전에 이곳 말고도 결정을 둘러싼 벽이 있었어요."

"그곳이 대규모 농원이에요."

식사는 구운 고기와 스무디로 예상과 달리 단조로웠다.

"인간에게도 호평이지만, 입에 맞지 않으신다면 인간용으로 가져다드릴게요."

"아뇨, 맛있어 보여요!"

"그럼 천천히 드세요. 무슨 일이 있으면 불러주시고요."

의표를 찔렸지만, 이건 이거대로 만족스러울 듯했다.

"저 녀석들은 마족이니까. 인간과는 식성이 다르겠지.

치아 형태도 다르고."

"아, 맞다……. 다문화 체험이네요."

육식 동물 같은 히노메네코족, 아케지시족을 위한 식사였다. 나이프와 포크가 놓여 있고, 소스를 곁들인 커다란 스테이크에서는 김과 함께 달달한 향이 피어올랐다.

"잘 먹겠습니다."

호무라는 고기를 작게 썰어 입에 넣었다.

"음~! 맛있다!"

지방이 적어 씹는 맛이 좋은 고기에 과일로 만든 소스가 조화를 이루었다.

소금기가 부족하지만, 그것을 보완하고도 남을 만큼 소스의 달콤함이 고기의 고소함을 살려 줬다.

"아아, 밥이랑 먹고 싶네요."

"쌀밥……."

진의 눈빛이 공허해졌다.

"아차, 괜히 자극했네……."

한편, 스무디는 맛이 너무 진했다.

입안에 풀밭이 펼쳐지는 착각이 드는 풋내와 그 안쪽에 숨겨진 강렬한 산미. 먹으려고 하면 간신히 먹을 수 있는 맛이었다.

"어우, 입김에서 대자연이……."

"비타민을 포함해 부족한 영양소를 이거 하나로 전부 섭

취하나 보지. 저 입으로는 채소를 먹기 힘들 테니까. 식물이라는 식물은 죄다 때려 박은 맛이야."

"그린 스무디처럼 생겼는데 맛은 몇 배나 진해요……. 그래도 건강해지긴 하겠어요……."

건강을 챙기는 사람이라면 좋게 평가할 메뉴였다.

하지만 남기지는 않는다.

호무라는 꾹 참고 잔을 비운 뒤, 풋내를 지워 버리려고 고기를 씹었다.

"디저트도 먹고 싶은데 과일 정도는 있을까요?"

"밑져야 본전이잖아, 물어봐."

"그러네요. 여기요~."

아직 스무디로 만들지 않은 과일이라면 있었다.

무지하게 셨다.

목욕도 했고 식사도 마쳤다.

이제 밤이 깊어 잠들 시간을 기다릴 뿐이었다.

호무라 일행은 그때까지 여관에서 쉬고 있었다.

"내일은 다른 것도 먹고 싶네요. 인간용 식사도 있다고 하니까요. 아, 벌써 배고파……."

호무라는 이국의 요리를 상상하며 침을 흘렸다.

"대자연 스무디만은 더 이상 안 마셔."

"그건 뭐, 좀 그랬죠……."

호무라는 다른 맛있는 스무디가 있기를 기도했다.

그때, 방문이 요란하게 열렸다.

"누님들, 큰일 났습니다!"

방으로 들이닥친 함자가 다급한 안색으로 소리쳤다.

"뭐야, 그 이상한 호칭은."

"그게 문제가 아니라, 정말 큰일 났어요!"

분위기가 너무 심각해서 사이코조차 기세에 눌렸다.

"어, 왜 그래……?"

창백해진 함자가 말했다.

"감옥에 있던 아슈라프 님과 그 일당이 사라졌습니다……."

정체 모를 불안감이 물밀듯 밀려들고 있었다.

6장 밤하늘에서 고향을 보다

By My Flame the World Bows Down
The Neighboring Nation, Silenced

"정말로…… 여기 있었던 거 맞죠?"

"아슈라프 님과 전사장, 그 동료까지 전원이야."

"아무도 없는 데다가, 이 혈흔의 양……."

지하 감옥에는 아무도 없었다.

문을 억지로 연 흔적이 있어 도망갔을 가능성도 있지만, 그렇다면 이 혈흔을 설명할 수 없다. 어마어마한 양으로 보아 이 피의 주인이 살아 있다고 생각하기 어려웠다.

수수께끼는 깊어져 갔다.

"보초도 사라졌어. 그 녀석이 주도해 전부 도망쳤다면 목격자가 있을 만도 한데……."

"모종의 마술로 사라졌나?"

"왜 이렇게 됐지……."

함자는 고개를 숙였다.

"짐작 가는 녀석 없어?"

사이코는 루트프에게 물었다.

"이런 일을 할 수 있는 사람은 이 나라엔……."

루트프는 머릿속을 뒤져보지만, 마땅히 떠오르는 사람이 없었다.

조르광에는 마술에 능한 자가 적었다. 그런 데다가 나라 제일의 마술사는 주술사였다.

그자는 주구 제작 담당자며 특기 마술은 고통을 주는 부류. 사람을 깨끗하게 사라지게 만들지는 않는다.

하지만 떠오르지 않기 때문에 정답을 유추할 수 있었다.

"……설마, 형님에게 접촉하던 마왕군인가?"

"전쟁을 벌이도록 부추기던 녀석인가."

흙덩이가 했던 말을 떠올렸다.

조르광을 이용한다는 마왕군 참모에 관해.

"확증은 없어요. 다만, 마술에 능하다고 들었습니다. 이렇게 이해할 수 없는 상황을 만들어 낼지도 모르죠."

답을 내기에는 아직 정보가 부족했다.

"죄송합니다, 또 힘을 빌리게 될 것 같아요."

예기치 못한 사태에 대비해 호무라 일행을 나라에 머물게 한 보람이 있었다.

루트프는 그렇게 생각하는 한편, 호무라 일행을 상상 이상으로 귀찮은 일에 말려들게 하여 미안하게도 생각했다.

"이 나라를 즐겨 주시기를 바랐지만, 그럴 상황이 아니군요……."

"괜찮아요. 한번 올라탄 배니까 우리도 도울게요. 아니,

돕게 해 주세요. 이번에 저는 아무것도 안 했어요!"

"정말 아무것도 안 했지."

프로토와 츠츠미는 호무라를 흘겨봤다.

"감사합니다. 하지만 무리하지 않는 선에서 부탁드릴게
요. 무슨 일이 벌어져도 이상하지 않으니까."

루트프는 나라와 다섯 명의 안전을 걱정했다.

호무라 일행은 두 그룹으로 나뉘어 정보를 수집했다.

"저쪽은 두 명만으로 괜찮을까요? 심지어 궁전은 사건
현장인데."

진과 사이코는 왕궁에 남아 루트프 경호 겸 현장 검증을
맡았다.

"괜찮겠지, 진은. 사이코도 뭐, 아무튼 괜찮겠지."

"사이코…… 질격……."

"사이코 씨에 대한 이상한 신뢰가……."

호무라는 츠츠미, 프로토와 함께 거리에서 탐문 수사를
하고 있었다.

"저에게서 떨어지지 말아 주세요. 미아가 되면 큰일이니
까."

계속해서 시중을 맡은 무나가 말했다.

"정말로 무나 씨가 없으면 도시를 둘러보지 못했을 거예요."

지금 있는 거리에는 비슷한 건물이 늘어서 있고, 옆 거리로 가면 또 비슷한 건물이 늘어서 있다. 상당히 계획적으로 만들어진 도시 같았다.

"그런데 정보를 수집하기 좋은 곳이 어디일까요?"

"술집이죠."

"오오, 게임 같아……."

정보 수집이라고 하면 술집. 게임에서 흔히 보이는 패턴이었다.

실제로도 술집에 정보가 모인다는 사실을 알고 호무라는 가슴이 설렜다.

"게임……?"

"앗, 아무것도 아니에요! 빨리 가죠!"

안내받은 술집은 구조가 신기한 곳이었다.

"체격이 다른 종족이 함께 살아서 그런가 보네요."

술집은 크게 두 구역으로 나뉘었다. 이와야네즈미족용 작은 테이블이 놓인 구역과 아케지시족용 큰 테이블이 놓인 구역이었다. 인간과 같은 체격인 히노메네코족을 위한 테이블이 없는 것을 보면 그들은 이런 곳을 이용하지 않나 보다.

그리고 거의 본 적 없는 아케지시족 여성이 있었다. 남자만큼은 아니지만, 체격은 다부졌다.

이와야네즈미족은 대부분 남녀 구별이 되지 않아, 호무라로서는 귀엽다는 사실밖에 알지 못했다.

"여기는 우리가 쓰는 술집이니까요. 여러분에게 맞는 의자가 없어서 죄송해요."

작은 의자에 억지로 앉는 것보다는 낫다는 이유로 아케지시족 구역으로 안내받았다.

아케지시족용 의자에 앉자 다리가 바닥에서 살짝 떴다.

"술을 마셔도 상관없지만, 이야기를 나눌 수 있을 정도로 부탁드릴게요."

"아앗, 술은 됐어요. 아직 미성년자라서!"

"어머, 그쪽 나라에서는 아직 술이 허용되지 않나 보네요. 제가 실수했어요."

"이런 게 문화 교류죠."

이 나라에서는 젊어도 술을 마실 수 있나 싶어서 돌아보지만, 마족의 나이는 가늠하기 힘들어 아무 수확도 없었다. 익숙하지 않은 외국인조차 나이를 판별하기 어려운데 마족은 오죽하겠는가.

알아낸 점이 있다면 묘하게 즐거운 분위기라는 것뿐이었다.

"그럼 정보를 알려 줄 만한 분을 데리고 올게요."

무나는 그렇게 말하고 손님에게로 총총 걸어갔다.

"알코올이 인체에 해롭다고 했나? 몸과 마음이 성숙하려면 시간이 걸리는 생명체는 여러모로 힘들겠어."

"그렇지도 않아요. 성숙하지 않은 시기에만 얻을 수 있는 것도 있으니까. 어른이 돼서 분별력이 생기면 아마 지금 같은 상황을 즐기지 못하겠죠."

"……뒷부분은 몰라도 앞부분은 호무라가 말하니까 이상하게 들려."

"진지한 이야기거든요! 그래도 듣고 보니까 딱 제가 할 만한 말이네요!"

"아마 이 세계에서도 범죄니까 우린 언젠가 헤어지겠네."

"왜 이렇게 저에 대한 믿음이 없어요……."

"응? 믿어. 그런 짓을 할 거라고."

"그럼 안 믿어 줘도 돼요!"

믿는 마음, 엿이나 먹어라.

"즐거운 시간에 죄송하지만, 사람을 모셔 왔어요."

"마침 내부 분열한 참이었어요."

"후후, 그거 큰일이네요."

무나는 미소 지었다. 꼭 아이들의 사소한 다툼을 지켜보는 듯한 눈이었다.

"이분은 궁전에서 일하는 분이고, 이분은 목욕탕 세신사예요."

무나가 데리고 온 사람은 궁전을 지키는 아케지시족 전

사와 호무라가 이용한 목욕탕의 세신사 이와야네즈미족이었다.

두 사람은 자리에 앉으며 가볍게 인사했다.

"누군가 했더니 거기 두 명은 전사장을 꺾은 아이들인가! 멋있었어! 설마 전사장에게 이길 줄은 몰랐어."

"우습게 보면 곤란해."

전사의 칭찬에 프로토는 우쭐해졌다.

"어제 보고 또 뵙네요."

"아, 어제 때 밀어 주신 분이죠? 또 부탁드릴게요. 구석구석까지."

"네, 맡겨 주세요. 인간은 맨들맨들해서 때밀이가 재밌어요."

목욕탕에서 만난 세신사였다.

이와야네즈미족은 손이 작지만, 완력은 의외로 강했다. 그 힘과 섬세한 손동작이 빚어내는 때밀이는 마사지처럼 시원하고 편안했다.

우선 전사에게 이야기를 들었다.

"여기 있다면 과격파는 아니다……라는 뜻이죠?"

그는 쿠데타 현장을 봤지만, 투옥되지 않았다.

"나는 어느 쪽도 아니었으니까. 그래도 내 친구가 그쪽에 붙었는지 지금은 감옥에 가 있어."

전사는 어깨를 으쓱했다.

"지금은 감옥에……."

지금 일어난 소동을 모르는 말투였다. 비번인지 궁전에 가지 않았나 보다.

호무라는 그 친구가 지금 어떻게 됐는지 말할 용기가 없었다.

그래도 이야기는 들어야 한다. 과격파가 사라진 지금, 그 과격파의 친구에게서만 얻을 수 있는 정보가 있을 테니까.

"그 친구분들에게 최근에 무슨 이야기를 듣지 않았나요?"

"최근에……. 우리가 워트림을 함락했다는 무용담뿐이었어. 거기 전사는 우리 적수가─."

전사는 거기까지 자랑스럽게 말하다가 입을 멈췄다.

"아, 워트림도 너희쪽 마을이었지. 미안……."

"당신 잘못이 아니니까 괜찮아요! 그리고 지금은 이야기를 듣는 게 최우선이고요!"

"괜히 마음 쓰게 했군. 미안해."

워트림은 조르광 전사가 함락했어도 조르광 주민이 모두 나쁘지는 않다. 여기 있는 그는 습격에 참여하지 않은 모양이니까 호무라도 분노를 느끼지 않았다. 하지만 습격에 참여한 자가 자랑스럽게 떠들면 냉정하게 들어 줄 자신이 없었다.

"배신자 안경잡이의 증언에 따르면 그것도 거짓말 같지만. 실제로는 인간을 인질로 잡아서 방패로 썼대."

"프로토, 그런 얘기는 그다지 하지 않는 편이……."

"아, 뭐 그럴 줄 알았어. 전사장조차 너희 상대가 안 됐잖아. 그 친구가 자랑할 때도 이상하게 흥분해 있었거든. 『우리는 강하다』라고 믿고 싶은 과격파다워. 이야기를 과장해서라도 인정받고 싶었나 보지."

전사는 그럼 그렇지, 라는 투로 과격파에 관해 이야기했다.

"제법, 과격파와 온도 차가 있네요."

"갈도르시아에 이길 거 같다는 이야기를 들었을 때는 우리도 들떴지만, 아슈라프 님이 실각했다는 소식에 팍 식었어. 우리 종족은 결국 분위기에 휩쓸리기 쉬울 뿐이야. 그렇게 생각하면 분위기에 휩쓸리지 않는 과격파나 온건파가 멋있어 보이는군, 하하."

지금까지 만난 사람이 대부분 온건파나 과격파였던 탓에 호무라는 이 낙관적인 성격이 당혹스러웠다.

"거기서 마왕군과 관련된 이야기는 못 들었나요?"

"음, 함께 갈도르시아를 타도하려고 한다는 정도? 아, 마왕군에서 온 전사들은 여기서도 봤어. 척 보기에도 졸병이었지. 워트림에서 그것들의 싸움을 본 친구들도 마왕군인데 우리도 이길 수 있겠다고 떠들었어."

"그것도 어디까지 믿을 수 있을까요?"

이야기가 엇갈리는 경우가 많았다.

"뭐, 다소 과장은 했겠지. 그것들은 지금 아슈라프 님 호위를 맡고 있어. 어지간한 전사보다는 강할 거야."

"중요한 순간에 온천욕 하느라 안 왔지만."

"응……."

"참고로 저, 그들과 만나 봤어요."

세신사 이와야네즈미족이 말했다.

"정말요?"

"그러고 보니 항상 같은 시간에 오셨는데, 반란이 있던 날부터 한 번도 안 왔네요."

"숨어 있는 걸까요……. 어떤 분들이죠?"

"남성 두 명에 여성 한 명, 모두 뿔이 있는 마족이었어요."

"그것도 배신자 안경잡이의 증언대로네요……. 유력한 정보가 있기를 바랐지만, 생각보다 쉽지 않겠어요."

거의 알고 있던 내용뿐이었다.

"마족에 관해 더 공부할 걸 그랬어. 알면 뭔가 단서를 찾았을지 모르는데."

"아, 맞아맞아. 원래는 갈도르시아의 대원이었다고 했어요. 어쩌면 면식이 있지 않을까요?"

"갈도르시아의 대원이었던, 마족……? 우리 말고도 그런 부대가 있었나 보네요."

"갈도르시아는 마족에게 가혹한 나라라고 들었던 터라 놀랐어요. 보아하니 여러분도 그런 부대 같으니까 역시 편견이었나 보네요. 역시 실제로 교류하지 않으면 모르는 법인가 봐요."

호무라가 이상하게 생각하는데 프로토가 끼어들었다.

"아니아니, 잠깐만. 만약 있었으면 우리에게 그런 부대가 있다고 말해 줄만도 하지 않아?"

맞는 말이었다. 알려 주지 않는 것도 부자연스럽다.

"그렇다면……."

"……마물화?"

츠츠미가 중얼거렸다.

"대원이 마물화……? 소문이 어떻든 방심할 수 없겠어요."

그리고 어느새 주문했는지 츠츠미 앞에 요리가 도착했다.

"마왕군이 우리 생각보다 활발하게 암약하고 다니네요."

"배신자 안경잡이가 교활함에 주의하라고 말했는데, 그건 사실이었나 봐."

루트루드는 마왕군에게 주혈을 받았다. 오렐리크의 폭동도 어디까지 관여했는지 모르겠지만, 마왕군이 연루되었다. 갈도르시아가 습격받았을 때는 비열한 수단으로 파르메아와 호국 성순장이 저주에 침식됐다.

그 외에도 마왕군이 배후에서 조종한 사건은 많았다.

"흙덩이 씨가 워트림 습격은 마왕군 참모가 계획했다고 말했죠? 배후에서 사람을 조종하는 방식이 오렐리크 사건 때와 비슷하네요."

"턱수염 아저씨가 그랬지. 셸스해 연합국 쪽에 마왕군과

연관된 녀석이 있을 거라고."

상어형 마족이 쳐들어오는 계기를 만든 것이 오렐리크가 소속한 셀스해 연합국이었다고 한다.

그 부자연스러운 흐름에는 틀림없이 누군가의 의지가 개입해 있다고도.

"만약 같은 인물이 뒤에 있다면 나라를 움직일 수도 있지 않을까요……?"

"그러기 위해서 제1 왕자의 몸이 필요하다거나……."

"이거 생각보다 심각한 상황 아닌가요……?"

하지만 호무라 일행의 심각한 이야기를 들으면서도 마족들은 태평하게 술을 마셨다.

"어라, 안 놀라네요?"

호무라는 이상한 느낌을 받았다.

외부인인 자신들이 더 이 상황을 해결하려고 발버둥 치고 있기 때문이었다.

"음……. 그야 우리는 누가 위에 서든 지킬 뿐이니까. 아, 우리한테 나쁜 짓을 하겠다면 사정이 달라지지만."

전사는 대수롭지 않게 대답했다.

"제1 왕자와 제2 왕자, 어느 파벌에도 아니라고 말하셨는데, 두 분 말고 누가 국왕이 되든 상관없다는 말인가요?"

"실제로 파벌에 속한 사람이 소수야. 우리는 머리가 좋지 않으니까 생각하는 일은 다른 종족에게 맡겼어."

"우리 이와야네즈미족은 주인님이 누구든 봉사할 뿐이에요. 전원 중립이라고 할 수 있겠네요."

"그죠."

무나의 말에 세신사도 동의했다.

가치관의 차이. 그렇게 말하면 더 할 말이 없었다. 긴급사태인데도 궁전을 지켜야 할 전사가 술집에 있는 것도 이해가 된다.

"그래도 외부인인데 우리나라를 위해 일하는 너희를 보고 우리도 움직여야겠다는 생각이 들기 시작했어. 뭐, 싸움은 사양하겠지만. 무서우니까!"

호무라는 퍼뜩 정신이 들었다. 자신들의 행동이 이 나라 마족들의 의식을 바꾸고 있다. 그것만은 확실했다.

"싸움이 무섭다는 생각을 하고 나니까, 거기 꼬마 둘이 새삼 대단하게 보여!"

전사의 말에 동조해 주위의 아케지시들도 두 사람을 칭찬하기 시작했다.

"아잇, 정말! 시끄러! 더 할 이야기 없으면 갈 거야."

프로토는 잰걸음으로 술집에서 나갔다.

"참, 쑥스러워하긴……."

하지만 호무라는 말꼬리를 흐렸다.

처음에는 프로토의 언동이 쑥스러워서 그러는 줄 알았다. 하지만 그 눈이 조금 쓸쓸해 보인다는 사실을 알아차렸다.

"앗, 잠깐만요! 자, 츠츠미도 잘 먹었습니다 해야지."

그 말을 듣고 츠츠미는 눈에 보이지도 않는 속도로 접시를 비웠다.

"무나 씨, 먼저 돌아가 주실래요? 저는 프로토를 쫓아갈게요."

"상관은 없지만, 여관까지 찾아오실 수 있으신가요?"

"괜찮아요, 고성능 로봇이 있으니까."

"로봇······?"

호무라는 츠츠미의 손을 잡고 프로토를 쫓았다.

"왜 그래요?"

"그냥. 쑥스러워서."

확실하게 말하는 게 오히려 진실이 아니라는 방증이었다.

"혼자 가지 마세요."

호무라는 프로토의 손을 잡았다.

"같이 가요. 동료잖아요."

프로토의 속마음은 모른다.

다만, 혼자 두고 싶지 않았다.

"······알았어."

프로토가 호무라의 손을 마주 잡았다.

"거기 언니~, 우리 가게로 와. 잘해 줄게~."

"갈게요~!"

한 치 망설임도 없는 대답이었다.

호무라는 마사지 가게로 홀린 듯 들어갔다.

"……저 녀석, 우리 동료 아니래."

프로토는 츠츠미의 손을 잡았다.

"가자, 츠츠미. 그리고 보니 가고 싶은 곳이 있어."

"응."

두 사람은 침묵 속에서 걸었다.

그래도 둘은 서로에게 말로 할 수 없는 편안함을 느끼고 있었다.

도착한 곳은 성벽이었다. 마족과 인간을 나누는 내성벽.

위로 올라가려고 망루 입구로 들어갔다.

또각또각 작은 발소리가 어두운 나선 계단에 울렸다.

별빛이 드는 출구로 빠져나와 나라를 한눈에 볼 수 있는 벽 위에 도착했다.

보초를 서는 아케지시들이 갑작스러운 방문자에게 당황했지만, 두 사람은 무시했다.

"야, 말리고 와."

"네가 말려. 그보다 허가받은 거 아냐? 포로였는데 나라의 골칫거리를 수습했다며? 상부가 봐줬겠지."

"일단 물어는 봐. 전에 돈 빌려줬잖아."

"저번에 요도 옮겼으니까 갚은 셈 쳐. 거스름돈을 받아도 모자랄 판에."

"아직 한참 부족해, 한참."

"장난치냐. 요도 옮기기와 거수자 대응이 밥 한 끼 값도 안 된다고?"

뒤에서 들리는 두 사자의 말다툼을 무시하고 프로토와 츠츠미는 앞으로 걸었다.

성벽에서는 중앙의 거대 결정이 잘 보였다.

두 사람은 성벽 너머로 마족들의 삶을 내려다봤다.

다들 즐거워 보였다.

잠시 아래쪽 경치를 바라본 뒤, 프로토는 입을 열었다.

"나는 있지, 위쪽의 명령을 듣기만 하는 하급 개체야. 의식, 자아도 억제되어서 사실 명령에 따르는 기능밖에 없었어."

"자아가, 없어……?"

"스스로 생각할 수도 없고 자기 의지로 움직일 수도 없어. 지구 상공에서 격추되고 여러 일을 겪어서 너희처럼 움직일 수 있지만, 그전까지는 지구의 기계처럼『명령받아서 움직일 뿐인 물건』이었어."

프로토는 눈을 살짝 깔았다.

"본질적으로는 지금도 다를 바 없어. 부탁받으면 거기에 부응하려고 해. 그렇게 하도록 프로그래밍되어 있어. 메이드 타입인 이유도 그런 게 특기니까."

이번에는 조금 전까지 있었던 술집으로 눈길을 옮겼다.

"그러니까 너희가 대단하다고 할 만한 존재가 아니야. 술집 손님들은 나를 멋있다고 말했지만. 이런저런 생각을 해도 결국 **그렇게 만들어졌으니까** 그렇게 움직일 뿐. 나는 기계니까."

그 이야기를 듣던 츠츠미는 고개를 갸웃거렸다.

"누군가를 위해, 움직일 수 있어서…… 안 기뻐……?"

"부탁받으면 기쁘고, 활약하면 자랑스러워. 그래도 나는 그런 기계야. 그렇게 느끼도록 만들어졌어."

쭉 가슴 안쪽에서 맴돌던 것을 츠츠미 앞에서 토해 낸다.

츠츠미는 프로토의 이야기를 듣고 알쏭달쏭한 얼굴로 끙끙 앓기 시작했다.

프로토는 츠츠미가 말을 꺼낼 때까지 기다려줬다.

그렇게 수십 초가 지나고, 마침내 츠츠미가 입을 열었다.

"그럼…… 왜 지금은 자아가, 있어……?"

프로토는 눈을 크게 떴다.

츠츠미는 말을 이었다.

"그냥 기계라면, 그런 거, 없어도 돼……."

프로토는 충격을 받았다.

사고 회로가 흐트러지고, 휘청거리며 흉벽에 몸을 기댔다.

그리고 고개를 돌려 인간들이 사는 구역을 내려다봤다.

"필요, 하니까…… 있을 거야……!"

츠츠미의 말에 힘이 들어갔다.

자기와 마찬가지로 목적을 갖고 태어난 츠츠미의 말이기에, 사고 회로에 울림을 준다.

지금까지 어디선가 불쑥 솟아났다고 느꼈던 자아.

행성 탐사라는 본래 임무를 수행할 수 없어서 해방됐을 뿐인 기능이라고 생각했다.

하지만 왜 그런 기능이 탑재되었는지 생각한 적이 없었다.

자기 의지를 얻어서 행운이다. 그 정도의 인식이었다.

아래에서 살아가는 인간들을 봤다.

이 나라에 들어올 때까지는 자기와 같은 피지배층으로 기계처럼 일할 거라고 생각했었다.

하지만 실상은 달랐고, 그 현실에 실망했다.

제한은 있어도, 인간들은 즐겁게 살고 있었다.

"자아가 **있는** 의미, 아니, **주어진** 의미……."

선망의 대상이었던 조르광 인간에게, 지금은 자기 모습이 겹쳐 보였다.

그 후 프로토는 뭔가에 기대듯 밤하늘을 올려다봤다.

그곳에 고향은 없다.

하지만 프로토는 보이지 않는 고향을 바라보고 기록 영역을 뒤졌다.

가장 오래된 기록 영역에는 오로지 수치만 있었다.

모성에 관한 정보는 좌표와 환경이 좋지 않다고 가리키는 수치뿐.

"이때는 아직 자체 감각 기관도 없었지."

기록 영역이라는 책장에서 앨범을 꺼내 사고 회로 속에서 조사한다.

자신은 행성 탐사선의 일부였다. 지구인이 말하는 「UFO」다.

금속제 외골격 안에 자신과 같은 기계 생명체가 여럿 내장되어 역할을 분담하고 있었다. 하지만 어느 개체에도 자아는 없었다. 적어도, 그때는.

명령하는 쪽도, 명령에 따르는 쪽도 프로그램에 따라서 움직였다.

"그래도 자아가 있으면 그런 긴 여행을 견딜 수 있었을까⋯⋯?"

지구 시간으로 계산하면 수백 년의 세월. 유력한 행성은 없고, 모성과의 통신도 끊겼다.

"지금 생각해 보면 그때 모성은 멸망했겠지. 아직 충분히 통신 가능한 거리였어. 그 전에 귀환 명령을 내리면 됐을 텐데 왜 그러지 않았을까. 조금이라도 도움이 되는 정보가 있었을지도 모르는데."

자신들은 목적도 없이 떠돌았다.

하지만 지금은 의미 없게 느껴지는 시간도 당시에는 수

치의 나열에 불과했다. 의미를 찾아내지도, 무의미하다고 단정하지도 못한다. 정보가 흘러갈 뿐.

"사태가 일변한 건 지구에 도착했을 때였어."

앨범을 닫고 다음 앨범을 집었다.

푸른 행성, 지구. 그곳은 탐사할 가치가 충분한 환경 조건을 갖추고 있었다.

"설마 원주민이 그토록 야만적일 줄은 몰랐지만."

지구 상공에서 자신들은 격추됐다.

지구는 공격에 특화한 「병기」라는 것을 보유했다. 그 사실을 몰랐던 탓이다.

고향의 희망을 태운 배의 최후는, 허망했다.

행성 탐사선은 분해됐고, 과학자들은 코어의 존재를 알아챘다.

상급 개체의 코어는 지구인과 교신해 자신들의 존재를 전달했다.

동포 중 일부는 병기에 이용되고, 일부는 연산 장치에 이용되고, 자신은 메이드 로봇이 됐다.

"아무리 지시 수행에 적합하다지만, 왜 나만 메이드 로봇이야?"

아마 과학자 중 일부가 오타쿠였을 것이다. 어이가 없다.

"그래도 자아가 발현한 건 내가 행성 탐사선에서 분리된 탓이지."

자아가 싹튼 것은 그때였다.

과학자들은 지구 생물을 모방한 감각 기관을 알려줬고, 단순한 수치일 뿐이었던 세계가 빛과 소리를 입었다.

"그리고 인간을 배우기 위해서라며 지하 비밀 도시의 학교에 배속됐었지."

하지만 자아를 가진 탓에 참을 수 없는 것이 있었다.

"결국은 기계. 인간의 노예였어⋯⋯."

자아를 가져 봤자 노예란 점은 변하지 않았다. 명령에 따를 뿐이다.

인간을 배워 봤자 할 일은 변하지 않는다.

"때리면 뭉개질 하등 생명체 주제에."

생명체로서 너무 연약한 존재. 연약하기에 무기를 발달시킨 야만적 존재.

그렇기에「너희가 더 열등하다」라고 말해 왔다.

"나도 알아. 그냥 잘하는 것과 못하는 것이 있을 뿐이라고. 열등하다고 믿고 싶을 뿐이라고. 그래도 어쩔 수 없잖아. 그쪽에서 나를 내려다보니까."

그런 곳에서도 자신을 대등하게 대해주는 자도 있었다.

마지막 앨범을 펼친다.

"그래도 여기서 만난 애들은 나를 대등하게 대해줘."

결국 격추됐을 때의 피해 때문에 기능이 정지했다. 그리고 다시 깨어나자 이세계의 신이라는 녀석에게 불려 와 있었고, 무슨 마왕을 퇴치하라며 이세계로 보내졌다.

자신과 마찬가지로 이세계에 넘어온 네 사람은 모두 자신을 대등한 존재로 대해 준다. 단순히 편리한 기계로 보지 않고 내려다보지도 않는다. 의지를 가진 하나의 생명으로 봐준다.

다섯 명이 함께 여행하고, 다섯 명이 함께 난관을 극복하고, 다섯 명이 함께 기쁨을 나눴다.

있기 편했다.

"이렇게 생각하는 것도 자아가 있기 때문이지. 여기가 내가 있을 곳이야. 이 감정만은, 만들어진 것이라도 상관없어."

거기서 깨달았다.

"아니, 잠깐만. 편하게 느끼도록 프로그래밍됐다면, 왜 그렇게 프로그래밍했지……?"

이야기가 한 바퀴 돌았다. 그리고 아주 조금 전진했다.

자아가 주어진 의미. 그리고 **이런 자아**가 주어진 의미.

츠츠미가 말했다. 「필요하니까 있을 것」이라고. 필요, 불필요를 넘어선 이야기다.

어떤 마음으로 자아를 부여했을까.

하지만 거기서부터는 아무리 사고해 봐도 답이 도출되지 않았다.

"아차. 이러면 안 되지. 츠츠미가 기다리고 있어."

기록 영역이 아니라 현실 세계로 눈을 돌렸다.

수백 년 간의 기록. 조사한 시간은 수 초에 불과했지만, 그 대부분은 이곳의 동료들과 만난 뒤의 기록에 할당됐다.

프로토는 자신을 올려다보는 츠츠미와 눈을 맞췄다.

"기분 가라앉는 얘기만 했네. 츠츠미가 잘 들어 줘서 그만 말이 많아졌어."

츠츠미의 머리를 쓰다듬었다.

지금 생각한다고 갑자기 답이 나올 리도 없었다.

"지금 아는 건 이 다섯 명이라서 다행이라는 거야. 만들어진 감정이라도 그것만은 확실해."

"츠츠미도, 그렇게 생각해……."

"이런 얘기 했다는 거, 다른 애들한테는 비밀이다?"

"응……!"

"아, 그러고 보니 한 명 동료에서 빠졌지. 『이 네 명』, 인가."

"다시, 받아 주자……."

"본인이 반성하면. 자, 돌아갈까?"

두 사람은 티격태격하는 사자들을 지나쳐 여관으로 향했다.

사이코는 진과 함께 지하 감옥— 사건 현장을 검증하고 있었다.

"이 쇠창살, 바깥쪽에서 억지로 열었군."

비틀어진 쇠창살을 바라봤다. 망가진 철창은 밖에서 억지로 연 것처럼 구부러져 있었다.

"아케지시족인 우리도 이렇게는 못 해."

함자는 쇠창살을 잡아 보지만, 꿈쩍도 하지 않았다.

"전사장이 의심스럽지만…… 바깥쪽에서 열었다고 했지? 그럼 누가 범인인지 나는 감도 안 잡혀."

"전사장도 투옥된 건 저도 이 눈으로 확인했어요."

루트프는 함자 옆에서 떨어지지 않고 현장 검증을 지켜봤다.

"애초에 말이야, 쇠창살을 손으로 열었다면 그 녀석의 손은 무식하게 크다는 뜻이지?"

쇠창살이 구부러진 모습을 보면 뭘 사용해서 열었는지 대강 추측할 수 있다.

사람의 손이라면 더 얌전하게 벌어졌을 것이다.

도구를 썼다면 도구 특유의 자국이 남을 것이다.

하지만 눈앞의 쇠창살에는 도구의 흔적도 없고, 거대한 손이 힘으로 밀어낸 것처럼 크게 구부러져 있었다.

"전사장은 더더욱 아니군."

쇠창살은 같은 아케지시족인 함자도 만들지 못할 굴곡을 그리고 있었다.

"마왕군이 보낸 전사 중에도 덩치가 큰 분은 있지만, 체격은 덩치 큰 인간과 비슷했어요. 이렇게까지 크지 않아요. 그는 아닐 테죠. 괴력의 소유자라는 이야기는 들었지만."

루트프가 덧붙였다.

"게다가 이런 힘을 가진 녀석의 범행인데 혈흔의 형태가 이상해. 단순한 피 웅덩이가 될 리 없어."

구부러진 쇠창살, 어울리지 않는 혈흔.

피의 양은 많지만, 형태는 피가 흘러 한자리에 고인 모양이었다.

범인은 튼튼한 쇠창살을 구부릴 힘을 가졌으면서 그 괴력으로 위해를 가하지 않았다. 단순히 죽이기만 한다면 더 처참한 현장이 됐을 것이다.

"그냥 죽이는 게 목적은 아닌가 보군."

"형님이 죽지 않았다는 말씀인가요!"

사이코의 추측에 루트프가 득달처럼 끼어들었다.

루트프는 형인 아슈라프와 적대했지만, 죽이고 싶은 건 아니었다. 살해가 목적이 아니라는 추측에 일말의 희망을 본 것 같았다.

"착각하지 마. **그냥 죽이는** 게 목적이 아닐 뿐이지, 다른 목적으로 죽였을 가능성은 있어. 나도 목적을 위해서 가능한 한 깨끗하게 죽일 때가 있다고."

구태여 자세한 내용은 언급하지 않았다. 루트프와 함자의 얼굴에서 핏기가 가신다.

아슈라프와 과격파가 살해됐을 가능성과 모르는 게 나은 세계. 자신들이 모르는 일이 뒤에서 벌어지고 있다. 확실하지는 않지만, 두 사람은 그것을 느꼈다.

"더불어 아공간 수납의 가능성도 있어. 언제 공격해 올지 몰라. 1초도 방심하지 마."

피의 주인은 홀연히 사라졌다. 누구의 눈에도 띄지 않고.

"정말로 지금 바로……일 수도 있다는 말이네요."

루트프는 주위를 경계했다.

사각은커녕 아무런 특징도 없는 공간에도 죽음이 잠복해 있을 것만 같았다.

"내가 호위를 맡지."

"……지금은 그 호의에 기댈 수밖에 없네요. 이런 사태는 여러분이 더 익숙할 테고요."

"나도 싸우겠어!"

함자도 투지를 내비치지만, 손에 쥔 창은 달달 소리를 내고 있었다.

"정말 도움이 되긴 하냐?"

"누님들이 이렇게까지 해 주는데 내가 안 움직일 순 없지!"

의심과 걱정이 섞인 사이코의 시선에 함자는 대항했다.

"상대의 정체를 알 수 없어. 무시무시한 마물일지도 몰라. 주혈을 마시고 괴물이 된 동포일지도 몰라. 그래도 싸울 수 있다는 거야?"

사이코는 함자에게 따지고 들었다. 그래도 함자는 한 발짝도 빼지 않았다.

"그, 그래! 언제까지고 겁쟁이로 불릴 순 없지!"

힘차게 쥔 창은 더 이상 떨리지 않았다.

"사실 너한테는 다른 일을 맡길 거야."

"어, 얼레리? 어렵게 각오를 다졌는데."

김이 샌 함자는 창을 떨어뜨릴 뻔했다.

"실망하지 마. 이쪽도 중요한 일이야. 너는 위험한 순간에 움직일 수 있도록 겁쟁이 동료를 설득해 줘."

"석연치 않은데."

"진짜 중요한 일이라고. 상대는 갈도르시아를 함락하려던 녀석이야. 우리만으로는 역부족이지."

"그 녀석들이 움직여 주려나. 불안해……."

자신감이 없다고 얼굴에 그대로 드러났고, 그 불안이 다른 사람들에게도 전염됐다.

"이런 사건이 터졌는데 괜찮은 거야, 이 나라……?"

"맞는 말씀입니다."

루트프는 고민스럽게 말을 꺼냈다.

"이 나라의 정치는 우리 종족이 담당하지만, 그 때문에 다른 종족들은 『나라를 생각한다』라는 시각에서 너무 멀어져 버렸어요. 주어진 역할을 하고 그 후에는 편하게 지낸다. 그것만 가능하면 다른 일은 사소한 것. 과격파가 워트림을 습격했을 때도, 갈도르시아와 전쟁했을 때도 조르광에는 언제나 평소와 같은 일상이 있었어요."

"내 주변도 전쟁 자체에는 관심이 없었어. 결과를 알고 싶어하는 녀석은 있었지만."

"갈도르시아와의 전쟁 후에는 형님의 연설로 여론이 과격파 쪽으로 기울기 시작했지만, 지금은 그 열기도 식었어요. 또 지금까지와 똑같은 일상이 반복되고 있죠. 실제로 눈앞의 상황이 변하지 않는 한 그들은 변하려고 하지 않아요."

나라를 바꾸려고 바삐 노력하는 루트프에게는 진심으로 분한 일이었다.

죽을 각오로 쿠데타를 일으키고 왕위를 쟁취했다. 그래도 국민의 마음은 움직이지 않았다. 극히 일부, 사상이 가까운 자밖에 승리에 의미를 두지 않았다.

"그들만 이상한 게 아니에요. 우리도 마찬가지죠. 무슨 일이 있어도 아케지시족이 지켜 주리라고 믿어요. 과격파를 구속했을 때도 실제로 투옥될 때까지 당황조차 하지 않는 자가 많았어요."

루트프는 일전의 광경을 떠올렸다.

"신용, 신뢰……와 달리, 생각 자체를 포기한 거예요. 지금까지 괜찮았으니까 이번에도 괜찮겠거니 하는 거죠. 평화가 흔들리고 있는 이때, 개개인이 현실과 마주하길 바라지만, 좀처럼 뜻대로 되지 않네요."

루트프는 웃었지만, 눈썹은 아래로 내려가 있었다.

"아무튼 우리만으로는 안 되니까 너희도 필사적으로 도와."

"알겠습니다."

"알았어, 열심히 해 볼게."

결의를 굳힌 두 사람을 두고 사이코는 혼자 중얼거렸다.

"하아……. 그 은가면, 『안심해』는 무슨. 의회 녀석들과 달리 이렇게 될 줄 뻔히 알았으면서."

"그래서 『열심히 해』라고 말했겠지. 그렇게 말할 수밖에 없는 입장인 건 알지만."

"적지에 보낼 적당한 장기말이 없었나 보지. 갈도르시아로 돌아가면 이딴 임무를 떠넘긴 의회 녀석들을 하나하나 패 버리고 싶어."

사이코는 힘차게 주먹을 쥐었다.

"나도 거들지."

진도 힘차게 주먹을 쥐었다.

"네가 하면 장난으로 안 끝나잖아."

"그런가……."

진은 힘없이 주먹을 내렸다.

한편, 그 무렵 호무라는—.

"후우…… 천국이었어……."

이와야네즈미 마사지점에서 좋은 경험을 하고 있었다.

"동물 체험 코너에 가는 기분이었지만, 마사지란 것도 의외로 괜찮네. 『손님』으로서 평생 여기에 살까."

온몸을 시원하게 만져 줘서 기분이 썩 좋았다.

하지만 프로토의 쓸쓸한 얼굴과 놓아 버린 손을 떠올렸다.

"이러면 된 거겠지? 내가 있는 것보다, 나보다 친한 츠츠미만 있는 편이 말하기 쉬울 거야. 아직 내가 할 수 있는 일은 없어."

손을 잡았을 때는 자기에게 의지해 줬으면 하는 마음이 있었다. 하지만 고뇌하는 프로토에게 인간을 상대로 밝힐 수 없는 마음이 있다는 것도 알고 있었다.

그래서 손을 놓았다. 그래서 지켜볼 수밖에 없다.

마음이 정리됐을 때, 대답을 듣자.

"그럼 여관으로 돌아가 볼까."

호무라는 고개를 들었다.

그 눈에 비친 것은 밤하늘과 끝없이 이어진 비슷비슷한 건물들. 원래 어딜 가나 경치가 대동소이한 도시였지만, 그림자가 변하는 것만으로 처음 보는 경치처럼 보였다.

여관으로 돌아가는 길이 생각나지 않았다.

"......."

호무라의 안색이 새파래졌다.

"프로토—! 츠츠미—! 어디 있어—!"

길거리에서 흐느껴 우는 불쌍한 인간은, 걱정되어 찾으러 온 무나가 보호했다.

네 동료는 전부 호무라를 방치했다.

"더는, 동료의 손을 놓지 않을 거야……."

호무라는 결의를 다졌다.

7장 자작극 오브 더 데드

By My Flame the World Bows Down
The Neighboring Nation, Silenced

"■ ■ ■ ■ □ ─."

남자는 자신을 부르는 소리에 눈을 떴다.

"꿈인가……."

평소보다 더 나른하게 중얼거렸다.

"그 이름은 버렸어. 이미 수백 년도 전에."

수천, 수만 번이나 꾼 꿈이었다.

피곤해 보이는 남자는 꿈속 세계를 돌아봤다.

먼 옛날, 남자가 살던 도시.

"매번 어쩜 이렇게 선명하게 기억나지? 이미 사라져 버렸는데……."

흙을 뭉쳐 만든 거친 벽이 나라를 감싸고, 나라 중앙에 하나 더 둥근 벽이 있었다.

그 2중 벽에 끼어 허름한 가옥이 난립했다.

질서 따위 없었다.

지저분한 거리와 탁한 공기. 여기 사는 사람은 사회에서 떨어져 나온 낙오자가 대부분이었다.

많은 수는 마족이지만, 인간도 있다.

마족과 인간이 손에 손잡고 사이좋게 지내는 것은 아니었다.

기껏해야 낙오자들의 모임. 공통의 적— 갈도르시아가 있으니까 같은 방향을 바라보는 것에 지나지 않는다.

"댁이 만들어 준 벽 덕분에 단련할 시간이 생겼어."

"힘을 키우라고 만든 게 아니야. 사람들을 마수로부터 지키려고 만들었지."

"이거면 갈도르시아 녀석들에게 한 방 먹일 수 있겠어."

꿈속 주민에게 말을 걸어도 대화는 성립하지 않았다.

"언제까지고 너희 세상이라고 생각하지 마라. 다들, 그 나라를 짓밟아 주자!"

"좋아!"

"이런 곳에 평생 틀어박혀 있을 순 없지!"

혈기 왕성한 남자는 주위 사람들의 마음에 불을 질렀다.

"그만둬."

사실^{과거}과 똑같이 막으려고 한다.

하지만 꿈이라고 해도 이야기는 원하는 대로 움직이지 않는다. 깊은 한숨이 나왔다.

"따지고 보면 그 녀석들이 나빠! 태어나면서부터 가진 힘을 쓰는 게 뭐가 잘못이야!"

그 남자는 원래 갈도르시아의 주민이었다.

갈도르시아에서는 마술 사용이 상당히 제한된다. 마술로 질서를 어지럽힐 경우, 엄벌이 내려진다. 즉, 눈앞의 남자는 그런 인간이었다.

"그만둬. 이길 수 있을 리가 없잖아."

"그것들은 몇몇 정해진 녀석만 힘을 쓸 수 있게 인정해. 물량 공세로 나가면 쓸어버릴 수 있어."

"그래도 안 돼."

남자의 소극적인 태도에 거친 남자는 냉담한 시선을 보냈다.

"아차. 너, 옆 마을에서 여기로 왔지. 그래서 우리 분노를 모르는 거야."

"외부인 취급 하지 마. 나는 모두를 지키고 싶을 뿐이야."

버려진 놈들의 도시. 망나니 집단. 쓰레기통.

다양한 이름으로 불리지만, 어느 것이나 의미는 같았다.

이 나라에는 사정 없는 놈이 없었다.

그래서 남자는 이 나라를 그런 자들이 안심하고 지낼 수 있는 곳으로 만들자고 결심했었다.

"이제 너한테는 안 기대. 우리끼리 할 테니까."

"그런 움직임이 알려지는 것만으로도 위험해. 만약 놈들이 쳐들어오면 어떻게 해?"

"닥쳐! 너 같은 녀석을 ■으로 추대한 것 자체가 잘못이었나 보군."

정신을 차리자 냉담한 시선에 둘러싸여 있었다.

"……."

사실은 여기서 더 물고 늘어졌다.

하지만 이건 꿈이고, 꿈속에서 저항해 봐야 현실은 변하지 않는다.

남자는 나라에서 가장 훌륭한 석조 건물로 걸음을 옮겼다.

훌륭하다고 해도 다른 조잡한 건물에 비해서지만.

"나도 최대한 힘썼는데 말이야."

남자는 의자에 앉았다.

성이라고 부르기에는 조악했고 왕좌라고 부르기에는 너무 간소했다.

"하아, 앞으로 몇 번이나 이 꿈을 꿔야 하지."

이다음에 일어날 일을 못 본 척하려는 듯 남자는 눈을 감았다.

그 직후, 굉음이 터지고 땅이 흔들렸다.

"아아……. 모두를 지키려고 쌓은 벽도, 놈들에게는 흙덩이나 마찬가지였지."

비명이 들린다. 싸우는 소리가 들린다.

수상한 낌새를 포착한 갈도르시아의 대원이 쳐들어온 것이다.

분노가 없다고는 입이 찢어져도 말할 수 없다. 하지만 갈도르시아의 선택은 옳다.

죽이려고 하는 적은 먼저 제거해야 한다.

"……응?"

거기서 꿈이 평소와 다르다는 사실을 알아차렸다.

"뭐야?"

난무하는 비명이 어느샌가 환성으로 변해 있었다.

"이건…… 꿈이 아니군."

환성은 꿈을 덮어씌우는 것처럼 하늘에서 쏟아졌다.

"그만 일어날까."

흙덩이의 왕은 눈을 떴다.

흙덩이의 왕이 깨어나자 메아리치는 환성을 뚫고 연설이 귀에 들어왔다.

"이제야 일어났나."

조르광의 어떤 여관방. 타지에서 오는 상인을 위한 검소한 방이었다.

그 방 창문으로 한 남자가 몸을 내밀고 있었다.

남자는 넝마 같은 로브를 입었고, 그 표정은 후드 안쪽에 가려졌다.

"지금 **제1 왕자**가 연설하는 중이야. 네가 말한 대로 됐어."

"저 녀석은 시체로 인형 놀이 하기를 좋아하니까."

후드를 쓴 남자는 피가 나지 않을까 싶을 만큼 강하게 주먹을 쥐었다.

"어때, **마왕**? 저 녀석의 방식."

마왕이라고 불린 남자는 대답했다.

"용서할 수 없어. 인간이라면 모를까, 같은 마족에게도 손을 대다니? 비원을 이루기 위해 희생은 불가피하다지만, 동료를 죽여서 이용하는 건 봐주기 힘들군."

그 대답을 듣고 흙덩이는 희미하게 입꼬리를 올렸다.

"역시 저 여자는 세계의 왕이 될 그릇이 아니야. 뭐가 됐든 저 여자에게는 더 이상 내 피를 넘기지 않아."

마왕은 붕대로 칭칭 감은 팔을 어루만졌다. 그리고 무슨 할 말이 있는 것처럼 흙덩이의 왕에게 고개를 돌렸다.

"미리 말해 두는데 나도 절대 안 해, 세계의 왕 같은 건."

선수를 치자 마왕의 어깨가 힘없이 처졌다.

"제발 부탁할게. 당신이 훨씬 의지가 돼."

"네가 의지가 될 때까지 돌봐 줄 테니까 열심히 해 봐."

"후, 역시 나한테는 버거워……."

마왕은 한숨 쉬었다.

"네 동료가 될 만한 녀석도 있어. 그쪽도 조금은 기대해
봐."

"쿠데타를 도운 인간들? 마족도 섞여 있다고 했지. 우리
뜻을 알아줄 것 같긴 하지만, 결국 인간을 지배하게 될 텐
데 아군이 되어 줄까?"

"어떻게 할지 생각하는 건 네 일이야."

"또 나한테 떠넘기지? 당신은 항상 그래."

"사랑의 채찍이라고 생각해."

"사랑의 채찍이라……."

마왕은 자신을 향한 기대가 부담스러웠다.

"알고 있겠지만, 너는 참모님과 적대하지 마. 저 녀석은
성격이 배배 꼬였으니까. 적대하면 무슨 짓을 할지 몰라."

"알아. 들키지 않게 조심할게."

"하여간, 무턱대고 행동하는 건 선대랑 똑같아."

"내가 할아버지를 대신할 수 있을까……."

마왕은 두 번째 한숨을 쉬었다.

제1 왕자 소실 사건으로부터 3일이 지났다.

진과 사이코는 한시도 긴장을 풀지 않고 루트프 호위를 맡고 있었다.

세 명은 알현실에 대기하면서 적의 습격에 대비했다.

알현실은 넓어서 싸우기 편하고, 위험해지면 왕좌 뒤에 있는 창으로 도망칠 수도 있다. 그곳 창틀은 가늘고 길어서 체격 좋은 아케지시족이 통과할 수 있을 정도는 아니었다. 실제로 그 창은 왕의 피난 경로로 설계되었다.

싸우든 도망치든, 알현실에 진을 치는 것이 최적의 답이었다.

루트프는 왕좌에 앉지 않고 자기 나무 의자를 가지고 와서 앉아 있었다.

"한 분이라도 괜찮으니까 제발 쉬어 주세요."

루트프는 안색이 안 좋은 두 사람에게 말을 걸었다.

두 사람은 거의 자지 않았고 식사도 가볍게 먹고 말았다.

하지만 그건 루트프도 마찬가지였고, 목숨이 위험할지도 모르는 위기에 한숨도 자지 못했다.

"그럴 수는 없다. 이건 이 나라만의 문제가 아니야."

진이 제안을 거절했다.

적은 갈도르시아를 함락하려고 암약하는 중이었다. 상대

가 하려는 모든 행동을 방해하지 않으면 궁지에 몰리는 것
은 자신들이다. 쉬고 있을 여유는 없다.

"적의 계획이 언제 다음 단계로 넘어갈지 모르니까. 아
무 일도 일어나지 않는 건 준비가 필요하기 때문일지도 모
르고, 지금처럼 긴장 상태를 유지시켜 제품에 지치게 하려
는 속셈일 수도 있어. 그리고 제2 왕자 암살이 주목적이
아닐 가능성도 있으니까 바깥도 감시해야 해. 그쪽은 다른
애들한테 맡겼지만, 어쨌든 완벽한 대비 따위 불가능해.
무리해서라도 이 고비를 넘길 수밖에 없어."

"우리나라의 전사가 믿음직스럽지 못한 탓에—."

거기까지 말한 루트프가 어금니를 깨물었다.

"아, 보호받는 게 당연하다고 생각해 버렸어요…… 안
되겠네요. 역시 저도 이런 의식에 물들었어요. 제가 싸울
수 있으면 당신들이 이런 부담을 질 필요도 없는데……."

루트프는 무력감에 빠져 무기도 들지 않은 손을 분하게
바라봤다.

"신경 쓰지 마. 역할 분담이니까. 네가 나라의 우두머리
가 되지 않으면 우리가 곤란해. 네 싸움은 그때부터야."

"나의 싸움……."

"정치로 싸우다 보면 언젠가 스스로 납득할 수 있는 『자신』
이 될지도 모르잖냐. 지금은 지금 할 수 있는 일을 생각해."

"……그러네요. 지금은 여러분에게 보호받을게요. 그다

음부터는 제가 여러분을 지키겠어요."

루트프는 강하게 주먹을 쥐었다.

"그래, 바로 그런 마음—."

『조르꽝의 백성들이여, 들어다오.』

그때, 갑자기 목소리가 울렸다.

"형님 목소리다……!"

루트프의 얼굴에는 기쁨과 두려움이 뒤섞여 있었다.

형이 살아 있어서 기쁜 한편, 그것이 적의 모략이라는 점이 두려웠다.

"시작됐군. 진, 준비해."

지시에 맞춰 진은 칼을 뽑았다.

그와 동시에 투옥됐던 아케지시족들이 알현실로 쏟아져 들어왔다.

"뜬금없이 연설이 시작됐는데요?"

호무라는 갑작스러운 사태에 당황했다.

"호무라는 들은 적 없지? 저게 제1 왕자 목소리야."

제1 왕자의 목소리를 들은 사람은 프로토와 츠츠미뿐이었다.

메아리치는 목소리의 정체를 듣고 호무라는 사태의 중대

함을 깨달았다.

"제1 왕자…… 그렇다면—."

"서두르자. 목소리가 나오는 곳은 저기— 왕궁이야."

호무라는 프로토, 츠츠미와 함께 왕궁 밖 시가지를 순찰하고 있었다.

서둘러 왕궁으로 향하는데 인파가 서서히 늘어났다.

"이 연설을 들으러 가나 봐."

"여러분, 집으로 돌아가세요! 위험해요!"

하지만 외부인인 호무라가 말해 봤자 의심스럽게 바라볼 뿐이었다.

주민들은 이끌리듯이 왕궁으로 가고 있었다. 호무라 일행은 그들보다 앞서가려고 서둘렀다.

하지만 가는 도중, 호무라는 이상한 것을 봤다.

"……어?"

"호무라, 왜 그래?"

"아뇨, 뭔가 이상한 게 골목에."

호무라의 시선이 가리키는 곳에는 빛의 끈이 떠 있었다. 어떻게 보나 마법적인 무언가다.

보는 방식에 따라서는 공간에 생긴 균열 같기도 했다.

"신경은 쓰이지만, 지금은 이쪽부터 대처해야지!"

"그러네요!"

찜찜함을 뿌리치며 호무라 일행은 달려갔다.

그렇게 인파 사이를 뚫고 왕궁에 도착했다.

"역시……."

그곳에는 눈을 의심케 하는 광경이 펼쳐져 있었다.

『조르광의 백성들이여, 너희는 갈도르시아에 적잖은 열등감이 있을 것이다. 사실을 말하자면 나도 그렇다. 우리의 역사는 갈도르시아에 대항한 패배의 역사다. 한 번도 승리한 적이 없지. 놈들 인간이 풍부한 자연과 자원을 독점해서 우리 마족은 빈곤한 자연과 자원으로 아등바등 발전해 나갈 수밖에 없었다. 지금은 윤택한 삶을 누리고 있지만, 그건 조상들의 피와 눈물의 결정체다.』

왕궁 정면에 있는 발코니에서 히노메네코족 청년이 연설하고 있었다. 목소리는 조용하지만, 말 한마디 한마디에서 힘이 느껴졌다.

목소리를 울리게 하는 특수한 광석으로 만든 확성기가 그의 목소리를 나라 전역에 퍼뜨리고 있었다. 하지만 왕궁 앞 알현 광장에는 연설을 직접 들으려는 많은 마족이 모여 있었다.

"제1 왕자, 붙잡혔다고 하지 않았나?"

"벌써 나왔어?"

"그게 뭐가 중요해. 이야기나 듣자."

마족들은 이상하게 생각하면서도 연설에 귀를 기울였다.

"저게 제1 왕자인 아슈라프 씨……인가요?"

호무라는 눈에 힘을 주고 청년을 봤다. 목에 감긴 주구가 투옥됐었다는 사실을 보여 주고 있었다.

"응. 그리고 뒤에 서 있는 게 전사장. 전사장이라고 해 봤자 약하지만."

제1 왕자의 뒤에는 한 사자 전사가 듬직하게 서 있었다.

"둘 다 아무리 봐도 상태가 이상하네요."

하지만 그 눈은 공허했다. 어디를 보는지, 아득히 먼 곳을 멍하게 응시하고 있었다.

"뭘 하려는지 모르겠지만, 멈추죠!"

인파를 헤치고 왕자에게 서둘러 가는데 연설은 차츰 고조되어 갔다.

『하지만! 이 나라는 지금 비원을 이루려고 하고 있다! 갈도르시아에 승리하려고 하고 있다! 저번 전투에서 조르광은 갈도르시아에 큰 타격을 입혔다. 전에 내가 이곳에서 이야기했다시피 그건 마왕의 후계가 가져온 이 주혈의 은혜다!』

그때, 아슈라프의 목에 감긴 주구에서 검은 불똥이 튀었다.

하지만 연설은 아무렇지 않게 진행됐다.

"왜 주구가 발동하지……? 그리고 왜 멀쩡—."

"위험해, 《태양의 눈》이다! 눈을 보지 마!"

프로토가 머리를 누르기 직전, 아슈라프의 눈이 흐릿하게 빛나는 것이 보였다.

"마안이야. 저걸 보면 매료된다고 해."

"그럼 어떻게든 해야죠!"

"이미 늦은 거 같아."

정신을 차리자 단순한 청중이었던 아케지시족들이 자신들을 에워싸고 있었다.

그들은 하나같이 의지 없는 인형처럼 눈이 공허했다.

호무라 일행은 우람한 사자들에게 짓눌려 제압당했다.

"이 사람들, 조종당해서……!"

"못 움직, 이겠어…….."

"나를 이 정도로 잡을 수 있다고 생각해?!"

프로토만은 힘으로 구속을 풀었다. 하지만 가지고 있던 전투 망치를 빼앗기고 말았다.

그리고 움직일 수 있게 되어도 청중은 이미 《태양의 눈》에 매료된 뒤였다.

"아슈라프 님, 만세!"

"당신이야말로 진정한 왕입니다!"

"강한 조르광을! 지지 않는 조르광을!"

사람들이 입을 모아 아슈라프를 칭송했다.

"눈을 떠! 너희 의지는 어디 있어!"

프로토가 외치지만, 손을 쓰기에는 늦었다. 매료된 군중의 귀에는 이미 들리지 않았다.

"선동해서 주혈을 받아들이게 하려는 계획이라고 했었죠!"

"젠장! 설마 여기 모인 녀석들한테 전부 쓸 작정인가!"

확실한 답을 내기 전에 프로토는 주위의 마족들을 두들겨 패서 기절시켰다.

"츠츠미! 독 뿌려!"

지시를 기다릴 것도 없이 츠츠미는 날개를 펼치고 있었다.

하지만 독가스를 살포하기 전에 아케지시들이 날개를 잡아 뜯었다. 거무튀튀한 피가 튀었다.

"우리만으로는 안 돼⋯⋯!"

아케지시는 끝없이 밀려왔고 프로토를 다시 바닥에 찍어 눌렀다.

격통을 느낄 아슈라프는 목석처럼 서서 연설을 이어 갔다.

『놈들은 자객을 보낸 것도 모자라 우리 동생을 구슬려 나를 죽이려 했다. 하지만 그 간계는 보다시피 실패했다. 놈들은 이토록 나를 두려워한다. 그렇기에 나는 죽을 수 없다. 이 주혈을 마시면 금방 괴물로 변한다. 하지만 내게는, 이 한 몸 바쳐서라도 사랑하는 조르광의 백성을 지켜야 할 왕의 의무가 있다!』

그렇게 말한 아슈라프는 작은 병에 든 붉은 액체를 바라봤다.

"아차, 그런 거였나! 저 녀석 본인에게 저주를 받아들이게 할 셈이야! 군중에게 쓰려는 게 아니었어!"

아마 세뇌로 사고를 비틀기만 해서는 주혈의 효과가 강

해지지 않나 보다. 그래서 세뇌한 왕자로 마안을 사용하고, 매료된 국민들의 거짓 지지 속에서 왕자 자신이 주혈을 받아들이도록 한다.

그게 적의 노림수.

번거롭게 모든 것을 세뇌로 비트는 추악한 자작극이었다.

"츠츠미, 저 병, 쏠 수 있겠어?"

프로토는 재빨리 지시했다.

"해 볼래……!"

츠츠미는 날개를 뽑히기 전에 재빨리 뻗었고, 한 치 오차도 없이 병을 노려 탄을 날렸다.

하지만 고속으로 날아간 탄환에, 지금까지 움직일 기색도 없던 전사장이 반응했다.

"막혔어!"

뼈탄은 전사장이 몸으로 막아냈다.

"다음은……!"

다시 날개를 뽑히더라도 츠츠미는 다음 탄을 쐈다. 다시 전사장이 받아냈다.

"독이…… 안 통해…….."

"마력으로 억지로 움직이는 건가."

하지만 지금 그런 고찰은 의미가 없었다.

『사랑하는 조르광의 백성들이여, 부탁한다. 추하게 변해 버린 나도 사랑해 다오.』

환성에 휩싸인 제1 왕자 아슈라프는 몽롱한 의식 속에서 자기 몸에 주혈을 받아들였다.

"으아아! 끝이 없어!"

사이코는 미간에 주름을 잡으며 단도를 들었다.

"단련해서 조금은 강해졌다고 생각했는데 역시 힘드네."

"사이코, 너는 무리하지 마라."

진은 밀려드는 사자 전사를 베어 넘기느라 돌아볼 여유도 없었다.

알현실 입구에서 잇달아 사자 전사가 들어왔다.

수가 많은 것도 문제지만, 그 이상으로 성가신 점이 있었다.

"이 녀석들, 아마 좀비일 거야. 이미 죽었어."

옷의 가슴팍 아래로 붉은 갈색의 얼룩이 번져 있었다.

"그리 보이는군."

칼에 베인 사자 전사가 곧바로 일어나서 다시 달려들었다.

칼이 깊은 곳까지 박힌 자라도 움직이지 못하는 경우는 없었다.

하지만 움직임이 둔해지고 있었다. 피해가 아무 의미도 없진 않나 보다.

"출혈이 전혀 없는 걸 보면 이미 심장은 멈췄어. 아마 마력으로 조종하는 거겠지."

특히 진의 참격은 깊었다. 하지만 사지에 깊이 새겨진 상처에서는 거무튀튀한 혈액이 흐를 뿐이었다.

아무리 봐도 상처 깊이와 출혈량이 맞지 않았다. 그래도 사자 전사들은 깊은 상처가 생긴 사지를 부자연스럽게 움직이며 달려들었다. 마치 꼭두각시 같은 움직임으로.

"야, 왕자님, 도망칠 준비는 해 둬!"

"알겠어요! 하지만 그건 두 분도 마찬가지예요!"

"말 안 해도 알아! 가능한 한 여기서 병력을 줄이려는 것뿐이야."

병력을 줄인다고 하지만, 전사들은 완전히 죽이지 않는 한 다시 일어났다.

어지간한 전투로는 그저 체력만 빼앗긴다. 그렇다면 해야 할 일은 하나뿐.

"왕자, 지금부터 할 일을 용서해라!"

"에, 앗, 네!"

영문도 모른 채 루트프는 고개를 끄덕였다.

"작전 변경! 봐주지 마, 진! 요도 꺼내!"

"악당이 아니니 될 수 있으면 조용히 끝내려고 했지만······ 그럴 상황이 아니군."

단순히 조종당하는 게 아니라 상대는 이미 죽었다. 그래도 루트프 앞에서 동료를 죽여도 될지 망설이고 있었다. 하지만 그렇게 여유를 부리다가는 이쪽이 죽는다.

"용서해라, 이국의 전사들."

진은 죄책감을 느끼면서도 주저 없이 요도 히사메를 뽑았다.

요도에서 힘이 흘러나왔다. 하지만 흘러든 것은 힘뿐만이 아니었다.

강한 충격도 진의 의식 속으로 흘러든 것이었다.

"얌전히 있어, 히사메."

히사메가 눈앞의 살점을 베라고 부추겼다. 베지 않으면 죽는다고.

눈앞의 경치가 일그러졌다.

자신의 의식에 집중하지 않으면 자아를 놓쳐 버리고 만다.

히사메가 평소 얌전한 이유는 진이 살을 베고 싶어 하기 때문이다.

하지만 그것은 상대가 한정된다.

히사메는 진의 죄책감을 민감하게 감지하고 의식에 손을 뻗고 있었다.

"내키지는 않지만, 해야 할 일이다. 원하는 대로 피를 빨게 해 주마."

진이 그렇게 달래자 충동은 어느 정도 잠잠해졌다.

"죽일 생각으로 간다. ……아니, 이미 죽어 있었지."

뛰어드는 사자 전사에게 진은 눈에 보이지 않는 속도로 칼을 휘둘렀다.

다음 순간, 팔이 날아가고 무거운 소리를 내며 바닥에 떨어졌다.

피는 여전히 질질 새는 정도밖에 나오지 않았다.

"좋아, 그렇게만 해!"

이대로 가면 대군이 밀려들어도 썰어 버릴 수 있다. 진은 그런 확신을 느꼈다.

하지만 요도의 힘을 받는 것은 그다지 기분이 좋지 않았다. 요도의 의도대로 움직인다는 불쾌감과 그 칼에 기대는 미숙함에 자기혐오가 밀려든다.

그래도 소중한 것을 지키기 위해서라면, 요도의 힘도 마다하지 않는다.

"다음."

진은 일어선 전사에게로 눈을 돌렸다.

―그리고 요도가 튕겨 나가듯 손에서 빠져나갔다.

칼날이 돌바닥을 때려 알현실에 불쾌한 쇳소리가 울렸다.

"……야, 뭐 해?"

"응……?"

의아하게 쳐다보는 사이코에게 진은 순간적으로 대답할 수 없었다. 칼이 날아간 것은 자신의 의지가 아니었으니까.

뒤늦게 상황을 파악한 진은 무슨 일이 벌어졌는지 설명

했다.

"탁한 피는, 먹고 싶지 않다는군……."

요도 히사메는, 피를 골라 마시는 모양이었다.

"어디서 미식가 흉내야! 요도 주제에!"

"나중에 타일러 두마."

"지금 다 같이 도망가죠!"

"……그럼 후퇴!"

루트프의 제안으로 두 사람의 마음이 흔들린 그때, 안쪽에 있던 사자 전사가 맹렬한 속도로 날아들었다.

"으억, 뭐야!"

그 전사는 등으로 다이빙하듯 바닥에 격돌했다. 상황을 보아 공격할 의도는 아니었다. 축 늘어져서 일어나고 싶어도 일어나지 못했다.

그리고 뒤를 쫓듯 한 아케지시가 적 군세를 돌파해 왔다.

"루트프 님, 누님들! 도우러 왔습니다!"

"햄토리!"

"함자입니다!"

함자였다. 함자가 지원하러 달려온 것이다.

"함자, 잘 왔어요!"

"죄송합니다, 왕자님! 결국 저밖에 못 왔습니다!"

"괜찮아요."

적은 함자도 적으로 인식하고 포위해 왔다.

함자는 자세를 낮춰 공격 태세에 들어갔다.

"봐주지 마! 이것들은 이미 죽었어!"

"이미 죽어……? 아뇨, 저는 처음부터 봐줄 생각이 없었어요!"

함자는 패기 있게 대답했다.

"……사실 거짓말입니다! 조금 마음이 놓이네요!"

함자는 패기 있게 대답했다.

"솔직히 싸우는 것도 무서운데……. 그래도 죽었다면 고통스럽지는 않다는 말이겠죠! 그러면 조금 더 힘이 들어가네요!"

"조금이 아니라 많이 넣어, 힘!"

"네, 넷!"

함자는 한때의 동포를 떠밀고 던져 버렸다.

상대는 죽음을 두려워하지 않고 덤벼들지만, 조종당하는 탓인지 움직임은 단조로웠다.

압도적 물량 때문에 밀렸지만, 인원이 늘어나면 충분히 대처할 수 있었다.

"좋아, 이대로 전부 때려눕힌다!"

제1 왕자의 연설이 울려 퍼지는 가운데, 세 사람은 기세를 올렸다.

"사이코, 이것들이 이미 죽었다면 네 술법으로 조종할 순 없나?"

"사실 해 봤는데, 저쪽 술법이 더 강해서 내가 건드릴 여지가 없어."

사이코도 시체를 동료로 부리는 상황을 기대했지만, 그 꿈은 이루어지지 않았다.

물론 처음부터 그다지 가망은 없다고 생각했었다.

마왕군 참모라는 직함이 장식은 아닌지, 그 마술 실력은 일류. 개입할 틈이 없었다.

"덧붙이면 저주가 너무 단단해서 해제에 시간이 걸려. 이 녀석들을 단순한 시체로 되돌리는 것도 기대하지 마."

저주 해체도 마찬가지였다.

저주가 견고한 데다 움직일 수 있는 사지가 있으면 날뛴다. 저주를 해제할 여유가 없었다.

"팔다리를 자르는 게 최선책인가."

"내가 아니라 프로토가 있으면 이미 끝났을 텐데."

"그건 결과론이다. 이곳이 주전장이 되지 않을 가능성도 있었으니까. 밖에도 병력을 배치해야 한다고 말한 건 너다."

"미안, 또 징징거렸어."

전사들은 계속해서 밀려들었다.

"전투력에는 보탬이 되지 못해도 미끼 정도라면 돼 줄게."

사이코는 자기가 해야 할 일에 집중했다.

"사이코 누님 몫까지 제가 힘낼게요! 프로토 누님처럼 전부 때려눕혀 버리겠습니다!"

"마음은 기쁘지만, 넌 이상하게 의지가 안 돼."

"열심히 할 테니까 응원 좀 해 주세요!"

"그래그래. 힘내라, 힘."

사이코는 눈길도 주지 않고 마음도 담기지 않은 응원을 주절주절 뱉어냈다.

"우오오오오오오오오오오오오오—!"

함자의 기운이 치솟았다.

"이런 응원에도 만족하는 거냐?"

실제로 함자는 사자 전사들을 휩쓸기 시작했다.

함자는 진처럼 사지를 베지 않았다. 하지만 덩치를 활용한 공격은 마력으로 조종하는 상대조차 당분간 재기 불능으로 만들 만큼 강렬했다.

하지만 방심하지 않아도 빈틈은 생기는 법.

"위험해, 함자!"

루트프가 함자를 떠밀었다.

"어?"

함자가 눈을 돌린 곳에서 붉은 뭔가가 튀고 있었다.

쓰러져 움직이지 않던 사자 전사 한 명이 망가진 장난감처럼 벌떡 일어나 함자에게 뛰어든 것이었다.

그 일격을 루트프가 대신 받았다.

그것을 이해한 순간, 함자는 그 전사를 날려 버리고 있었다.

"루트프 님!"

예리한 발톱에 찢겨 루트프의 등에서 선혈이 흘러내렸다.

"루트프 님! 루트프 님!"

함자는 달려와서 이름을 불렀다. 하지만 루트프는 대답하지 않았다.

자기 때문에……

"루트프 님……. 저 때문에……."

자기를 구하려고……

자기 자신에 대한 분노로 몸이 불타오르듯 뜨거워졌다.

함자는 몸 가장 깊은 곳에서 올라오는 충동을 억누르지 못했다.

"우워어어어어어어어어어어어어어어어어어—!"

온 나라에 울릴 정도의 포효와 함께 함자의 몸은 붉은 일렁거림에 휩싸였다.

"이게 《홍련의 포효》인가……?"

함자의 체모는 붉은 기운을 띠었고 밖으로 드러난 송곳니 때문에 마치 사람이 변한 것 같았다.

"너희가아아아아아아아아아아아아—!"

함자는 날뛰듯이 싸웠고, 앞을 막아서는 적은 뭉개 버렸다.

"감히 루트프 님을!"

"진정해! 이 정도는 내가 고칠 수 있어!"

"우오오오오오오오오오오오—!"

사이코가 서둘러 치유 마술을 걸었지만, 함자는 냉정함을 되찾지 못했다.

적이 줄어드는 건 기쁜 일이지만, 평화를 바라는 함자가 검붉은 피에 물드는 모습을 사이코는 보고 싶지 않았다.

그것을 막은 것은 숨이 끊길 듯한 루트프의 목소리였다.

"진정, 하세요…… 함자……."

상처를 입은 쇼크로 의식이 끊어질 것 같고, 치유하느라 체력도 소모했다. 그래도 루트프는 함자를 막기 위해 의식의 끈을 붙들고 무거운 입을 열었다.

"루트프 님!"

함자가 달려왔다.

"다행이다…… 살아 있어……."

안심하고 닭똥 같은 눈물을 뚝뚝 흘렸다.

"내가 있으면 마음대로 못 죽어. 뭐, 죽으면 죽는 대로 병력으로 쓸 생각이었지만."

"그러지는 말아 주십쇼, 누님……."

"후후……."

루트프는 힘없이 웃었다.

"나를 위해서, 이렇게나 울어 주다니……. 이게 마안의 힘일 리가 없어."

누구에게도 들리지 않을 목소리로 루트프는 기쁘게 중얼거렸다.

"아아, 그래도 안심하니까 맥이 풀리네요. 기껏 《홍련의 포효》를 썼는데……."

그 몸에는 이미 붉은 일렁거림이 없었다.

아직 움직이는 전사들이 네 명에게 슬금슬금 다가왔다.

"슬슬 힘드네. 후퇴할까…… 앗, 그리고 보니 너는 저 창으로 도망칠 수 없지 않아?"

퇴로— 뒤에 있는 창은 확보했지만, 아케지시족이 통과할 수 있는 크기가 아니었다.

"열심히 저 무리를 돌파하는 수밖에……."

"분명 괜찮을 거예요. 그들이 옵니다."

루트프는 힘없이 말했다. 하지만 그 목소리는 약해진 것이 아니라 안도감 때문이었다.

"그들……?"

그리고 함자도 기대하지 않았던 광경이 눈앞에 펼쳐졌다.

"미안, 함자! 늦었지!"

"도와줄 테니까 나중에 밥 싸."

"너, 가끔은 직접 사 먹어."

아케지시족이 연이어 모여든 것이었다.

말을 걸었던 온건파만이 아니었다. 말을 걸지 않았던 이들도 여기저기 보였다.

"너희!"

"《홍련의 포효》에는 원래 동료를 고무하는 힘이 있어요."

호흡이 안정되기 시작한 루트프가 알려 줬다.

"약한 동포를 버리고 고독하던 전사장과 달리 함자는 동료를 아끼니까요. 모두에게 그 목소리가 퍼져 용기를 북돋웠겠죠."

"잘했어, 함자!"

"햄토리예요!"

"서로 반대예요……."

루트프는 통증을 참으면서 약하게 웃었다.

"사이코 씨, 진 씨, 여기는 우리한테 맡기고 형님께 가 주세요. 형님은 뭔가 좋지 않은 일을 저지를 생각…… 아니, 당하게 될 거예요."

루트프는 악한 자의 뜻대로 조종당하는 형을 구해 달라고 바랐다.

"오냐, 다녀올게."

"여기는 맡기마."

달려온 사자 전사들이 두 사람이 지날 길을 뚫었다.

사이코와 진은 그곳에서 빠져나와 목소리가 들리는 쪽으로 일직선으로 달려갔다.

복도에도 과격파 사자 전사가 몇 명 쓰러져 있었다. 온건파가 해치웠을 것이다.

"치유할 수 있는 사이코가 있어서 다행이었군."

"그거야 결과론이잖아?"

그렇게 말하지만, 사이코도 썩 나쁜 기분은 아닌 듯했다.

"그렇지."

괜한 걱정이었다고 생각하며 진의 얼굴이 살짝 부드러워졌다.

8장 줄행랑 트리오

By My Flame the World Bows Down
The Neighboring Nation, Silenced

긴 복도를 달리는데 연설이 끊기고, 대신 비명이 들려왔다.

"여긴가!"

사이코와 진이 발코니에 도착해 보니 등에 거대한 날개들이 기형적으로 붙은 괴물이 있었다.

그 모습은 신화에 등장하는 생물처럼 성스럽고, 시시한 공포 영화에 등장하는 크리처처럼 기분 나빴다.

광장에 모였던 민중은 괴물로 변한 왕자에게 겁먹고 비명을 질렀다.

"응? 내가 왜 여기서 이러고 있지?"

"분명히 왕자의 연설을 듣다가……."

호무라 일행을 둘러싼 아케지시는 자기 몸에 일어난 일을 이해하지 못했다.

《태양의 눈》 효과가 끊긴 것은 아슈라프가 더 이상 히노메네코족이 아니라는 의미였다.

"젠장, 늦었나!"

욕을 뱉은 사이코 앞에서 괴물의 날개가 고치를 만들 듯

접혔다. 날개는 옆에 있던 전사장을 끌어들이며 왕자를 감쌌다.

"진, 썰어 버려!"

사이코가 말을 끝내기도 전에 진은 칼을 뽑았다.

변이한 아슈라프를 베려고 진이 땅을 박차려고 한, 바로 그 순간—

"뛰어내린다, 사이코!"

날뛰는 불길이 발코니를 휩쓸었다.

진은 사이코를 끌어안고 간발의 차로 발코니에서 뛰어내렸다.

"사이코 씨, 진 씨!"

광장에 착지한 두 사람은 먼저 도착해 있던 호무라 그룹 세 명과 합류했다.

"야, 인마! 조금만 늦었으면 타 죽을 뻔했어!"

"제가 안 했어요!"

옥신각신하는 두 사람.

거기에 남자의 목소리가 끼어들었다.

"아까워. 감이 좋은 녀석이 있군."

세 그림자가 광장에 떨어졌다.

"나 참, 쓸데없는 일을 늘리지…… 아—."

처치하지 못했다고 투덜대던 남자는 호무라 일행과 눈이 맞았다.

"너희, 그 재수 없는 꼬맹이들이잖아!"

홀레코가 소리쳤다.

"루트루드 씨 아래에 있던, 그…… 위순대 사람!"

"그…… 이름을 묘하게 기억하기 힘든 녀석들!"

"깨갱거리며 도망친 소인배들이었나?"

"누구더라?"

"모르겠어……."

모두 기억이 애매했다.

"내가 홀레코!"

"나는 게일."

"내가 케트야, 기억해 둬! 저세상에서 우리 이름을 외치면서 질질 짜게 될 테니까!"

홀레코 일당은 기운차게 자기소개했다.

인상이 험악한 홀레코, 위압감이 있는 거한 게일, 입이 험한 케트.

세 사람은 루트루드에게 거역하고 도망친 뒤 행방불명됐다. 갈도르시아에서는 중범죄자로 지명수배된 상태였다.

하지만 그 세 명이 맞긴 한데 이마에 못 보던 뿔이 자라 있었다.

홀레코에게는 불타는 굽은 뿔 두 개가.

게일에게는 뿔이라고 부르기에는 짧은, 검은 사각형 돌기가.

케트에게는 공예품처럼 아름다운 결정 뿔 하나가.

그들도 주혈을 마시고 마물화했나 보다.

"마족 3인방이 너희 줄행랑 트리오였냐? 김이 팍 새네. 또 금방 도망칠 거 아냐?"

여기까지 와서 자신들 앞을 막아선 게 홀레코 일당이었다.

자신들을 두려워해 도망친 자들이 아니던가. 워트림 습격에서 눈에 띄는 활약이 없었다는 이야기도 이해가 갔다.

"루트루드 씨 다음은 마왕군, 그다음은 조르광이에요? 사람 많이 만나면서 일하고 싶으신가 봐요."

호무라는 한껏 비아냥거렸다.

세 사람은 루트루드의 명령으로 도적의 만행을 못 본 척하고 있었다. 그리고 다음은 마왕군에 들어가 워트림 습격을 도왔다.

세 사람의 행동은 용서받을 수 있는 일이 아니었다. 호무라는 몸이 뜨거워지는 것을 느꼈다.

하지만 홀레코는 비아냥거리거나 말거나 개의치 않았다.

"엉? 우리는 조르광의 졸병이 된 게 아냐. 아직 마왕군이지. 지금은 이거 호위를 맡았다."

홀레코는 손에 쥔 도끼로 아슈라프를 가리켰다.

불길에 휩싸였는데 날개 고치에는 그을음 하나 없었다.

"저번 작전이 실패해서 말이야. 이 녀석에게 최선을 다할 기회를 준 거지."

아슈라프의 마물화도 처음부터 계획된 것 같았다.

정작 아슈라프는 큰 날개에 싸인 채 미동도 하지 않았다.

"이제는 너희를 죽이고 우리 참모님께서 이 녀석을 회수하길 기다리기만 하면 돼."

참모에 대한 호칭이 꽤나 빈정대는 투다. 좋아서 따르는 느낌은 아니다.

"얼마나 죄를 더 지어야 직성이 풀리겠어요?"

"시끄러워, 약자는 살아갈 길 따위 못 고른다고! 미리 말하는데, 우리 참모님은 성격이 더러워서 실패하면 진짜 무서워! 이번만은 물러설 생각 없어!"

"누구 성격이 더럽다고?"

그 목소리는 위에서 들렸다.

호무라 일행이 고개를 들자 발코니 난간에 요염한 미녀가 앉아 있었다.

그 미녀는 피부가 회색이고, 목에 기하학 도형의 일부 같은 톱 펜던트를 차고 있었다.

"항상 나를 방해하니까 직접 시체를 확인하지 않으면 분이 안 풀릴 거 같아."

그 눈은 오싹할 만큼 차가워, 지금까지의 비정한 행동이 그녀의 계획이었음을 절로 알 수 있었다.

마족이라는 종족은 관계없다. 이 세상에 존재해서는 안 될, 세계에 파멸을 가져올 자다.

"당신이 그 성격 더러운 참모님인가 보네요."

"야, 그 말 반복하지 마……!"

홀레코는 애원했다.

"걱정하지 마. 여기 있는 사람 전부, 시체가 되어도 유용하게 활용해 줄게."

"꼭 누구 같은 말을 하네요."

"그런 악독한 짓을 하다니, 대체 누구지……?"

사이코가 못 보던 사이 기억이라도 잃은 걸까.

"그럼 슬슬 죽어 줘야겠어."

참모의 말을 듣고 홀레코 일당이 전투태세에 들어갔다.

그와 동시에 호무라 일행의 등에 오한이 쫙 퍼졌다.

절대로 홀레코 일당에게 겁을 먹어서가 아니었다.

"봐, 왕자님이 깨어날 시간이야."

시선을 위로 올리자 날개 고치가 맥동하고 있었다.

"나를 위해서 열심히 일해, 왕자님."

날개 고치 안, 아슈라프는 관중의 목소리를 들었다.

하지만 그 목소리가 환성이 아니라 비명으로 변했다는 것을 아슈라프는 알 수 없었다.

아슈라프의 의식은 늪에 빠지는 것처럼 천천히 가라앉고 있었다.

아비규환의 한복판에 있는 아슈라프는 아직 자신이 환성의 중심에 있다고 착각하고 있었다.

"아아, 환성이 들려. 그래, 나를 칭송해 줘……."

힘찬 연설에서 180도 바뀌어 그 목소리는 연약했다.

아슈라프의 머리에 한때 자신을 향하던 모욕적인 시선과 말들이 떠오르고 사라진다. 과격한 사상은 패배자의 역사에서 벗어나려는 의지를 의미했다.

하지만 실제로 마왕군의 지원을 받을 때까지 아군이 거의 없었다. 대다수의 사람은 미온적으로 현실에 안주해 싸구려 무용담을 탐닉할 뿐.

한편, 힘이 있으면 갈도르시아에게 이길 수 있다는 근거 없는 자신감도 품었다.

진심으로 『강한 조르광』을 바라는 자는 극소수, 진심으로 평화를 바라는 자도 극소수였다.

아슈라프는 내심 자신의 행동이 잘못되지 않았을지 불안을 안고 있었다.

"모두가 나를 인정해 줘……. 역시 나는 옳았어……."

아슈라프는 자신을 달래듯 중얼거렸다.

지금까지의 행동은 옳았다고. 앞으로의 행동은 옳다고.

"강해져서 이 나라를 이끌어야지……. 갈도르시아에 지지 않는, 강한 나라가 되는 거야."

하지만 그 소원도 자만심을 채우기 위함일 뿐이고 나라의 명예는 명분에 불과하다. 하지만 본인은 그것을 자각하지 못했고, 더는 할 수 없었다.

모호해진 의식은 무의식과 섞이고 본심과 겉치레조차 구별하지 못하게 되어 사고는 모두 의미를 갖추지 못했다.

저주가 왕자의 신체에 깊숙이 배어들고, 잠식해 간다.

고치는 마지막에 한 번 크게 맥동했다.

그 직후, 꽃이 피듯 날개가 펼쳐지고 고치보다 거대한 사자의 몸을 토해 냈다.

"보렴. 이게 이 나라의 왕이 되려고 한 남자의 말로야."

날개는 뒤집혀서 다시 고치를 만들었고, 이번에는 두꺼운 뿔 같은 결정을 토해 냈다.

"꼭 실패작 스핑크스 같군."

그 기괴한 모습을 보고 사이코가 중얼거렸다.

거대한 사자 몸. 그리고 원래 머리가 있을 곳에는 꽃잎처럼 겹겹이 포개진 날개가 자라 있었다. 그 꽃의 중심에는 큰 결정이 자리했다.

마치 조르광을 몸으로 표현한 듯한 괴물.

날개는 머리뿐 아니라 등에도 유달리 큰 한 쌍이 달려 있었다.

그것에 이름을 붙인다면 「날개 사자」가 어울릴 것이다.

"스핑크스? 지구에 저런 기분 나쁜 생물이 있었어?"

지구의 이야기에 어두운 프로토가 의아하게 물었다.

"있다기보다 저거랑 살짝 비슷한 생물이 신화에 나와요."

"흠, 상상력 풍부하네."

"스핑크스는 수수께끼를 내는데 맞히지 못한 사람을 잡아먹는다고 전해져요."

"정말로 상상력 풍부하네! 어떻게 그런 발상이 나와?"

"마지막엔 오이디푸스라는 사람이 지혜롭게 수수께끼로 풀고 퇴치했다는 이야기로 끝나고요."

"저걸 퇴치하려면 지혜가 필요하다는 말이야? 그런 거 없는데."

호무라의 오타쿠 지식을 듣던 프로토는 눈앞의 괴물을 주시했다.

한편, 날개 사자는 호무라 일행 따위 안중에 없었다. 도망치는 민중을 눈으로 좇듯 결정이 움직였다.

"왜 도망쳐? 다들 기다려 줘……!"

갑자기 황홀한 꿈에서 깬 아슈라프는 동요했고, 그 감정은 점차 분노로 바뀌었다.

"나에게서……."

기괴한 몸은 분노로 떨렸고, 결정이 빛을 머금기 시작했다.

"도망치지 마아아아아아아아아아아—!"

결정에서 빛줄기가 발사됐다.

그 광선에 스친 성벽 일부가 도려낸 것처럼 증발했다. 이어서 비명이 터졌다.

어마어마한 위력에 호무라는 아연실색했다.

만약 사람이 있는 방향으로 쏘면 어떻게 될까…….

"역시 우민은 우민인가! 지혜가 없는 자들은 어째서 나를 알아주지 않나! 그렇다면 죽어라!"

"야, 저거 빨리 해치우자!"

사이코의 목소리를 듣고 호무라의 정신이 현실로 돌아왔다.

호무라 일행은 전투태세에 들어가려고 했다.

하지만 갑자기 다섯 명의 눈앞에 거대한 뭔가가 격렬한 속도로 떨어졌다.

거대한 뭔가는 돌바닥을 박살 내고 땅을 흔들었다.

"못 가."

그건 게일의 공격이었다.

게일은 튼튼하고 긴 사슬에 달린 거대한 쇠공을 조종했다.

맞으면 뼈도 못 추릴 것이다. 스쳐도 중상이다.

"말했지? 우리 일은 저거 호위야. 쉽게는 안 보내 줘."

홀레코가 거대한 전투 도끼를 들자 도끼날이 타올랐다.

"뿔에 불이 붙어 있어서 그럴 줄 알았지만, 방금 불은 네 짓이냐?"

"이래 봬도 화염 마술은 특기거든."

서로 무기를 들고 노려봤다. 이미 가다리 마을에서 만난 세 사람이 아니었다.

그들은 원래부터 은순 대원이었다. 진은 몰라도 다른 일행보다는 실전 경험이 풍부했다.

그게 주혈로 마물화해서 전보다 더 강해졌다.

"나를 인정해애애애애애애—!"

이성을 잃은 아슈라프는 아래쪽의 신경전에는 눈길도 주지 않고 날뛰기 시작했다.

등의 거대한 날개를 펼치고 단 한 번의 퍼덕임으로 왕궁 지붕까지 올라갔다.

거기서 도망치는 민중을 내려다보고 자신을 향한 거절에 절망했다.

"■■■■■■■■■■■■■■■■—!"

터져 나오는 목소리는 이미 「말」조차 아니었다. 그것은 짐승의 포효였다.

하지만 단순한 포효도 아니었다.

비통과 분노가 섞인 목소리는 호무라 일행의 전신에 격통을 줬다.

"아야아아아아아아아아아—!"

호무라는 들었던 지팡이를 떨어뜨렸다. 이 통증은 몸소 경험한 바 있었다.

"야, 이 통증, 그 초커의 저주잖아? 저 녀석, 초커의 저주까지 흡수했어?"

"멀리 떨어져도 이 정도 통증인가. 가까운 곳에서 들으면 그때와 동급의 통증이겠군."

진조차 이를 악물고 고통을 참고 있었다.

하지만 그건 홀레코 일당도 마찬가지였다.

"아야아아아아아아아아아아아앗—!"

"윽!"

"이거 싫어어어어어어어어어어—!"

"너희한테도 통하냐!"

아군만 무효, 같은 편리한 기능은 없나 보다.

참모만이 아무렇지 않게 내려다보고 있었다.

"당연하지, 우리한테 저주 내성 같은 건 없으니까!"

통증이 남아서 가끔 몸을 움찔거렸다.

즉, 허점이 생겼다.

"저주 때문에 다가갈 수 없다면…… 실패작 스핑크스는 우리한테 맡겨!"

"힘낼래……!"

프로토와 츠츠미는 그 틈을 놓치지 않았다.

"부탁한다!"

동료의 목소리가 등을 밀어주어 두 사람은 지붕 위로 뛰어 올라갔다.

"어이, 잠깐— 젠장! 몸이 말을 안 들어!"

막으려고 하지만, 아직 몸이 잘 움직이지 않는 모양이었다.

"뭐, 보내 주긴 했지만, 두 명으로 이길 수 있을 리 없지. 굳이 죽으러 가는 꼴이잖아."

"무슨 소리예요? 저 두 명은 해낼 거예요."

"우리는 항상 그렇게 헤쳐 나왔어."

"그리고 곧 다섯 명으로 싸우게 된다."

진의 도발에 홀레코도 눈썹을 까딱 움직였다.

"언제까지 건방 떨 수 있을지— 볼까!"

홀레코가 힘껏 도끼를 휘두르자 화염 폭풍이 일었다.

불바람이 호무라 일행의 피부를 지졌다.

"이까짓 거!"

호무라는 지팡이로 맹화를 뿜어 홀레코의 불을 집어삼켰다.

"화력은 그쪽이 위인가."

서로 화염을 멈추고 다시 자세를 잡았다.

호각, 혹은 더 유리. 호무라는 그렇게 판단했다.

하지만 그건 일대일일 때의 이야기다.

다시 처음부터 시작한 전투는 호무라 일행을 조금씩 몰아세웠다. 홀레코의 불, 게일의 질량 공격, 케트의 마탄과 마장벽. 그것들이 서로를 보완해 공격할 틈을 주지 않았다.

"음……. 개개의 능력도 뛰어나지만, 연계가 절묘하군. 가능하다면 목숨을 걸지 않고 평범하게 대련해 보고 싶어."

진이 상대의 실력에 침음했다.

"그리고 보니 아레스 씨 부대도 팀워크가 대단했는데."

"우리가 그런 게 거의 없긴 해."

실전 경험을 더 쌓은 만큼 상대방이 한 수 위였다.

"우리는 오래 알고 지냈으니까."

"어차피 너희는 어디서 긁어모았는지 모를 오합지졸이지? 우리는 서로가 무슨 생각을 하는지 손바닥 보듯 훤히 알아."

케트는 깔깔거리며 웃었다.

"홀레코도 한마디 해줘."

여유를 부리던 케트는 홀레코가 이상하게 조용하다고 깨달았다.

"홀레코?"

조금 전까지 있었던 홀레코가 없었다.

케트는 주위를 돌아봤고, 그리고 찾았다.

벽에 처박힌 홀레코를.

"홀레코오오오오오오오오오오오오―!"

케트는 달려가서 벽에 묻힌 홀레코를 끌어냈다.

"아……. 방금 내 공격, 맞았나."

"그래! 네 공격에 맞았다고!"

"미, 미안!"

진을 노린 공격이 하필 홀레코에게 직격한 것이었다.

"서로 무슨 생각을 하는지 다 안다며?"

"빈정대지 마! 알아도 몸이 못 쫓아갔을 뿐이야! 그치, 홀레코?"

"아야야……. 내가 아니었으면 죽었어."

말하자마자 홀레코의 몸이 갑자기 불에 휩싸였다.

그 불은 상냥하게 일렁거리며 상처를 없애 줬다.

"엥? 뭐예요, 그 불……? 치사해……."

상처를 치료하는 불. 호무라는 순수하게 부러웠다.

"이건 마물화 덕분이지. 이 외에도 이것저것 있지만, 내 고유 마법이야. 흉내는 못 내."

완전히 회복한 홀레코는 도끼를 고쳐 잡았다.

"설마설마했는데 역시 너희였나, 워트림을 함락한 건. 그곳에서 본 전투 흔적, 이 녀석들 공격과 일치해."

그을린 자국, 부서진 가옥, 일직선으로 파인 땅.

"단순히 인질 작전으로 이긴 게 아니라는 말이에요?"

"뭐야, 《암월》 녀석들에게 아무 말도 못 들었어? 어쩐지 너무 나대더라."

《암월》 대원과 동행한 사실도 파악하고 있었다.

"과격파 사람들은 자기네가 워트림을 함락했다고……. 아무리 그래도 너무 과장했잖아요……!"

"방금 두 명으로는 왕자에게 이길 수 없다고 말했지만, 이렇게도 말해 두지."

홀레코 일당은 여유로운 미소를 지었다.

"세 명으로 우리에게 이길 수 있을 리 없잖아?"

지금까지와는 다른 긴장감이 퍼졌다. 하지만 호무라 일행의 전의는 꺾이지 않았다.

"너희가 강해진 건 알았어. 하지만 강해진 건 우리도 마찬가지야."

우리도 확실하게 강해졌다.

"입만 살아서는."

"야, 호무라. 우리의 연계 기술, 보여 주자!"

"네……?"

그게 뭐야? 호무라는 사이코의 얼굴을 봤다.

하지만 거기 있는 것은 자신만만한 표정뿐.

그 자신만만한 표정으로, 호무라에게 초커를 채웠다. 말할 필요도 없겠지만, 주구다.

"네……?"

"사실 어디에 도움이 될지도 몰라서 하나 챙겨 뒀지. 걱정하지 마, 열쇠는 있어."

"아니, 그게 아니라요."

"이게 우리의 연계 기술이다! 주구의 통증으로 불을 많이 써도 제정신을 유지할 수 있어! 그리고 몸이 열에 버티지 못해도 내가 치유 마술을 계속 걸어! 최강의 연계 기술이야! 단, 너는 죽을 만큼 아프다!"

"제가 하염없이 참아야 하는 연계 기술이잖아요—!"

사이코는 호무라의 등에 손을 대고 치유 마술을 걸기 시작했다.

진은 말려들지 않게 거리를 두고 어이없는 표정을 짓고

있었다.

"동료를 위해 분발해! 인연의 힘은 무한대 어태애애애애애애애애액!"

"아, 정말! 까짓거 해 봐아아아아아아아아아아아—!"

호무라는 지팡이를 버리고 손으로 최대한의 겁화를 짜냈다.

"불타라아아아아아아아아아아아아아아아아—!"

"너희야말로ㅇㅇㅇㅇㅇㅇㅇㅇㅇㅇㅇㅇㅇ—!"

"죽을 만큼 아파아아아아아아아아아아아—!"

동료를 위해서 정신력으로 고통을 극복했다.

서로의 불길이 부딪친다.

그리고 호무라의 겁화가 홀레코의 거친 화염 폭풍을 서서히 밀어냈다.

그때, 홀레코는 몸의 이상을 느꼈다.

"아악! 이 통증은 뭐야! 살을 바늘로 찌르는 느낌이야!"

"홀레코, 너 설마…… 뜨거움, 느끼는 거 아냐?"

"그럴 리가 없잖아. 내《불막이 옷》은 스승님과 같아서 완벽하다고!"

"그럼 뭐야!"

"내가 아냐!"

케트는 거대한 마장벽을 펼쳤다.

하지만 마장벽은 호무라의 불길에 먹혀 녹아내렸다.

"뭐야, 이게 무슨 일이야……? 이 녀석 불꽃, 뭔가 이상해! 이쪽 마술이 지워져!"

마장벽이 공격에 버티지 못하고 깨지는 게 아니라 종이처럼 불타 사라져 갔다.

결국 마장벽이 깨진 그때―.

"이렇게 되면 비장의 수를 쓸 수밖에 없어!"

홀레코가 소리쳤다.

"그래!"

"알았어!"

호무라는 화염의 출력을 더 높이며 대비했다. 뭔가 할 생각이다.

그리고 홀레코는 그 「비장의 수」를 낭랑하게 외쳤다.

"도망가자!"

"《바람이여, 우리를 실어 날라라》!"

케트가 주문을 외고 돌풍이 불었다.

눈을 뜰 수 없을 정도의 바람을 타고 세 사람은 떠나갔다.

소란스러운 전장이지만, 남은 미풍의 쓸쓸한 소리만이 귀에 들어왔다.

"……도망쳤다."

"저번이랑 똑같잖아! 역시 줄행랑 트리오는 줄행랑 트리오구만."

남은 참모는 세 사람이 사라진 방향을 봤다.

"죽고 싶으면 말로 하지."

하지만 참모는 냉정했다.

"됐어. 원래 쓰다 버릴 거였으니까. 기대도 안 했어."

"그래그래, 어련하겠냐."

"내 목적은, 이쪽이야."

참모는 품속에서 일그러진 형태의 단도를 꺼냈다. 척 보기에도 물건을 베기에 적합하지 않은 모양이었다. 즉, 그 외의 용도가 있다는 뜻.

참모가 그 단도를 휙 휘두르자 아무것도 없는 공간에 균열이 생겼다.

공중에 뜬 그것을 호무라는 본 적이 있었다.

"저, 저건……!"

"뭐야, 본 적 있어?"

"방금 골목에서 본 이상한 거예요!"

"정보량이 적어!"

무엇인지는 모른다. 하지만 그것도 곧 알게 됐다.

균열을 비집어 열 듯 무언가가 기어 나왔으니까.

"마수 소환인가."

기어 나온 것은 불을 두른 마수였다.

크고, 그리고 기괴한 고양이.

"한 마리뿐이야? 그렇다면—."

"아니에요! 아마 방금 본 곳에서도—."

호무라가 상상한 대로 나라의 곳곳에서 비명이 들리기 시작했다.

돌아보자 건물 위에서 마탄을 쏘는 마수가 보였다. 눈앞의 개체와 달리 불은 두르지 않았고 수정 뿔이 자라 있었다.

"너희, 이 나라도 구하고 싶지? 그럼 열심히 뛰어다니렴. 이 나라 전사들은 이 아이의 상대가 되지 못하니까."

"병력 분산이 목적인가, 젠장."

사이코는 주구 열쇠를 호무라에게 건네며 욕설을 뱉었다.

9장 머나먼 우주에서 사랑을 담아

By My Flame the World Bows Down
The Neighboring Nation, Silenced

날개 사자의 포효는 저주를 흩뿌렸다.

저주에 내성이 있는 프로토와 츠츠미는 홀레코 일당을 다른 동료들에게 맡기고 날개 사자와 싸우기 위해 지붕 위로 향했다.

왕궁 지붕에 도착한 프로토와 츠츠미는 거칠게 날뛰는 마물과 대치했다.

"올라온 것까지는 좋은데, 저걸 대체 어떻게 해야 하지."

프로토는 전투 망치를 들었지만, 날개 사자는 등의 커다란 날개를 퍼덕여 단숨에 거리를 벌렸다.

"독, 통할까……?"

츠츠미는 시험 삼아 뼈탄을 날려 봤다. 그러자 날개 사자는 순식간에 날개로 몸을 감쌌다.

뼈탄은 튕겨 나갔다.

단순히 날개로 막은 것이 아니다. 날개를 접으면 마장벽이 펼쳐진다.

"어리석은 자의 공격이 나에게 통할 것 같더냐?"

"응? 어디서 소리가 나는 거야? 입 없지?"

아슈라프의 몸은 이미 원형이 남지 않았고 머리에 있는 결정에서 목소리가 울렸다.

"저게…… 본체, 일까……?"

마력 빔을 쏘기도 했고, 눈처럼 결정을 움직이기도 했으니까 그곳이 중요 기관이란 것은 확실했다.

"일단 저기를 노릴까."

아직 날개로 보호하는 결정을 노리고 전투 망치를 들었다.

그러다 날개 틈으로 새어 나오는 빛을 알아챘다.

"—이거, 위험한 느낌이!"

날개가 펼쳐진 순간, 프로토는 츠츠미를 안아 옆으로 뛰었다.

그 직전에 츠츠미가 있던 곳으로 마력 빔이 통과했다.

강렬한 빛과 함께 귀를 찌르는 소리가 울려 퍼졌다.

돌아보니 멀리 있는 영웅상이 부서져 있었다.

빛으로 이루어진 폭력 그 자체였다.

날개를 펼친 마물이 천천히 프로토와 츠츠미에게로 고개를 돌렸다.

"……그래도 저걸 쏘려고 날개를 펼칠 때는 배리어가 사라지는 것 같아."

마탄을 쏠 때까지 있었던 얇은 빛의 장막이 지금은 사라졌다.

긴박한 사태에도 불구하고 프로토는 적을 관찰하고 있었다.

"딱 봐도 머리의 결정을 부숴야겠지? 쏘기 전에 날개를 비집어 열까, 죽을 각오로 쏘는 순간을 노릴까……."

날개가 닫혔을 때는 마장벽이 펼쳐진다. 하지만 발사 직후를 노리려면 즉사급 마법을 피해야 한다.

그 후에 결정까지 접근해서 파괴까지. 보통 일이 아니다.

하지만 츠츠미가 제안했다.

"결정은, 츠츠미가……. 프로토는, 열어 줘……."

여전히 말수가 적지만, 자신감만은 전해졌다.

"웬일로 자신만만하네? 뭘 하려는지 모르겠지만, 그건 알아서 해줘. 나는 나대로 최선을 다할게. 날개를 열면 되는 거지?"

"연계, 공격……!"

츠츠미는 지붕에서 뛰어내려 어딘가로 달려갔다.

"너도 같은 편에게 버림받았나? 슬프지, 슬프겠지."

아슈라프는 쓸쓸하게 말했다.

"아쉽지만, 너랑은 달라."

"닥쳐, 닥쳐, 닥쳐! 나는 버림받지 않았어!"

그러더니 격분해 울부짖었다.

"하는 말이 엉망진창이야."

이미 정상적인 대화는 불가능했다.

프로토가 거리를 좁혀 망치를 휘두르나, 마장벽에 허무

하게 막혔다. 심지어 견고한 마장벽으로 보호받으며 마탄을 쏘기 위해 마력을 집중했다.

프로토는 다시 날아든 마탄을 피하면서 계속 망치를 휘둘렀다.

마탄이 거대 결정을 스치고, 그 파편이 물을 뿌렸다.

"역시 웬만한 공격은 안 통하나."

다시 강대한 마탄이 발사돼 지붕을 날려 버렸다.

궁전은 단 두 번의 공격으로 크게 파손됐고 지붕이 사라진 곳부터 무너져 갔다.

하지만 피해는 지붕에서 그쳤다.

"천천히 노릴 시간은 없겠어."

비명의 수가 늘어났다 싶더니 광장에서 홀레코 일당은 사라졌고, 대신 대형 고양이 마수가 그 자리에 있었다.

마수가 불을 둘렀기 때문일까. 상대하는 사람은 호무라였다.

프로토는 힘을 더 실으며 싸움을 재개했다.

그 후로 날개 사자는 연신 마탄을 쏴서 궁전을 파괴했다.

프로토는 틈만 나면 망치를 휘두르지만, 역시 마장벽 앞에서는 무력했다.

그래도 몇 번 겪다 보니 마력을 모아서 발사하는 타이밍을 대강 알 것 같았다.

날개에서 빛이 새어 나오고, 단숨에 펼쳐졌다.

"지금이다!"

결정의 방향으로 공격 궤도는 예측했다. 완벽하게 피할 수 있는 위치에 머물며 마탄을 발사한 직후에 결정을 친다. ……그럴 계획이었다.

결정에서는 아무것도 나오지 않았고, 깨닫고 보니 눈앞으로 거목처럼 두꺼운 사자의 앞발이 날아들고 있었다.

날개 사자가 마탄을 쏘는 척 프로토를 유인한 것이었다.

"반칙이잖아!"

괴력에 눌린 프로토가 붕괴하는 궁전과 함께 땅으로 떨어졌다.

날개는 열렸지만, 발밑에 깔려 제대로 움직일 수 없었다.

"츠츠미! 아직이야?!"

발성 장치를 최대한 진동시키지만, 대답은 없었다.

프로토의 바디가 삐걱거렸다.

"안 좋은데. 전의 커다란 상어보다 힘이 세……!"

바디가 마침내 깨지고 발톱이 코어로 파고들었다.

"본체까지 손상됐어. 정말로 위험할…… 수도……."

코어에 금이 가고 시야가 새카맣게 암전됐다.

—아, 틀렸다. 내가 더 강했으면.

프로토의 얼굴에 물이 뚝뚝 떨어졌다.

그것은 마치 눈물처럼 눈가에서 볼을 타고 흘러내렸다.

비산한 결정 파편에서 흐른 물방울이 우연히 그곳에 떨

어진 것이었다.

분하다. 포기하고 싶지 않다.

하지만 몸이 움직이지 않는다. 더는 어쩔 방법이 없다.

"흥, 죽었나."

날개 사자는 비웃으며 툭 내뱉었다.

시야는 사라졌지만, 청각 센서가 소리만은 들려줬다. 마치 프로토를 괴롭히려는 것처럼.

"프로토, 지금 구해ー."

호무라의 말이 끊기고 벽에 뭔가가 충돌하는 소리가 들렸다.

아마 마수에게 당한 모양이었다.

"움직여, 움직이라고……."

하지만 움직이지 않는다.

"다음은 저 여자다. 기분 나쁜 마수와 함께 없애 주마."

마력이 모이는 소리가 들렸다. 몇 번이나 들은 소리였다. 이제 곧 임계점에 달한다.

하지만 몸이 움직이지 않는다. 움직일 수 없다.

프로토는 호무라의 죽음을 예감했다.

"안 돼……. 그것만은 안 돼!"

그 순간, 금이 간 프로토의 코어에서 눈부신 빛이 흘러나왔다.

"내가 있을 곳을……."

코어에서 나는 불길한 소리를 무시하고 프로토는 주먹을 들어 올렸다.

빛은 점점 빠르게 강해져 프로토를 감쌌다.

동시에 날개 사자의 빛도 임계점에 달했다.

"사라져라!"

"부수지 마아아아아아아아아아아아—!"

흘러넘친 빛에서 나타난 거대한 은색 팔이 날개 사자의 머리를 강타했다.

날개 사자가 튕겨 날아가고 마탄은 하늘의 구름을 갈랐다.

"내가…… 우리가 있을 곳을 부수려는 녀석은, 전부 박살 낼 거야."

빛은 계속해서 팽창했고, 거기서 나타난 은색 금속 셸이 프로토를 감쌌다.

"내가 위기일 때도 기동하지 않던 긴급 방어 시스템이, 왜 지금 기동해?"

활동 한계를 무시하는, 일시적인 출력 제한 해제와는 다르다. 영구적 기능 확장.

프로토는 금속 셸 내부로 기계 촉수를 뻗었다.

"그리고 방어를 위한 시스템이었을 텐데."

본래 긴급 방어 시스템은 코어를 지키기 위해 금속 셸을 만들 뿐이었다.

하지만 지금은 거기서 그치지 않았다.

흘러넘친 빛에서 나타나는 금속 셸은 거대한 인간의 형상이었다.

팔, 몸통, 다리, 머리. 프로토는 기계 촉수를 뻗쳐 나갔다.

"역시 옷은 금속 옷이야."

빛이 잦아들고 긴급 방어 시스템이 완성됐다.

셸을 완전히 장착한 그 모습은 거대 로봇이나 갑충 전사 같았다.

등에는 푸르스름하게 빛나는 날개 여섯 개가 펼쳐져 있었다. 그것은 프로토의 머리와 기계 촉수처럼 금속 섬유로 구성됐고, 빛을 받아 에너지를 흡수하는 장치였다.

그 모습은 그야말로 《광익의 철거인》이었다.

"웃차!"

호무라를 공격하려던 마수를 주먹으로 후렸다.

벽에 격돌한 마수는 듣기 싫은 울음소리를 내고 더 이상 움직이지 않았다.

"아야야야……. 고마워요, 프로토."

그것을 보고 프로토는 안도했다.

동료를 구했다. 그 사실에 코어 중심이 뜨거워졌다.

"아아, 그렇구나. 그런 거였어……."

호무라를 구한 은색 팔을 봤다.

"나는 누군가를 지키기 위해 있는 거야."

날개 사자가 덤벼들었다. 프로토는 그것을 주먹으로 팅

겨 냈다.

"누군가를 지키고 싶다고 생각하는 자아가 있으니까, 이렇게 힘이 솟는 거야."

비틀거리는 날개 사자를 다시 후려쳤다.

"귀환 명령이 없었던 것도, 지키고 싶은 누군가를 찾아서 함께하기를 바라서야."

고향의 환경은 더 이상 가망이 없었다. 자신의 창조주도 반쯤 포기하지 않았을까. 그래서 우주 탐사가 불가능해지면 내부 개체에 자아가 싹트게 했으리라.

적어도 자신들이 만든 아이들만이라도 자유롭게 살기를 바라며.

사실이 어떨지 알 방법은 없다. 하지만 그렇게 느꼈다.

"나는 단순한 기계가 아니야."

마력을 모으는 날개 사자에게로 단숨에 달려간다.

"닥쳐! 쓰다 버릴 잡졸 따위가!"

프로토는 날개 사자가 쏘는 마탄을 간발의 차로 피하며 주먹을 들었다.

"머, 멈춰―!"

프로토는 멈추지 않았다.

"축복받고 태어난 생명이야!"

세차게 뻗은 주먹이 날개 사자의 결정을 크게 깨부쉈다.

사방으로 튀는 결정에 햇빛이 난반사했다.

날개 사자는 요란한 소리를 내며 쓰러졌다.

"해치웠어요! ……해치웠죠?"

호무라는 지팡이로 짚으며 몸을 끌다시피 프로토 발밑으로 왔다.

"끝났으면 좋겠네. 이 형태는 에너지를 꽤 잡아먹어서."

움직일 기색은 없었다. 움직여도 마탄을 쏠 결정은 이미 없다.

"남은 건 근처에 있는 마수뿐인가."

아직 곳곳에서 마수의 울음소리와 전사의 함성이 들렸다.

"저쪽도 어서 정리해야겠어요."

"너무 무리하네. 그런 몸으로는 더 못 싸우잖아? 떨어져 있어."

"저도 싸울래요……라고 말하고 싶지만, 힘들겠네요."

"마수를 잡아 둔 것만으로 충분해."

"죄송해요, 도망갈게요."

"내가 놔줄 거 같아?"

아차. 호무라는 절망했다. 아직 참모가 있었다.

어느샌가 사라졌다고 생각했는데 어느샌가 날개 사자 곁에 서 있었다.

아직 뭔가 할 작정이다.

"왕자님, 식사 시간이야."

참모가 다시 단검을 휘둘렀다.

"또 마수를……!"

호무라는 아픈 몸을 채찍질해 전투에 대비했다.

하지만 주르륵 흘러나온 것은 살점 덩어리였다. 상당히 큰 살덩이였다.

갑자기 몸을 일으킨 날개 사자가 그것을 머리의 날개로 감싸듯 집어삼켰다.

"저 녀석, 아직 살아—!"

"원래는 너희 시체를 보고 싶었지만, 아쉽게도 내가 바쁜 사람이라서 말이야."

참모는 그렇게 말하더니 공간 균열로 들어갔다.

"왕자님이랑 잘 놀아 줘, 죽을 때까지."

마지막으로 그 말만 남기고 공간 균열은 눈 깜짝할 사이 사라졌다.

아슈라프는 적이지만, 이렇게까지 모독당할 이유는 없었다.

호무라가 분노에 치를 떠는 사이, 날개 사자는 더욱 기괴하게 변해 갔다.

몸에도 계속 부담이 가는지, 날개 사자는 괴로워했다.

"■■■■■■■■■■■■■■■—!"

괴로움에 찬 절규가 고통의 저주를 퍼뜨린다.

"으, 윽!"

무리한 「연계 기술」로 감각이 어느 정도 무뎌졌는데도 호무라는 격통에 신음했다.

호무라는 고통으로 일그러진 시야로 날개 사자를 확인했다.

부서졌던 머리의 결정이 솟아올라 더욱 거대해졌다.

등 날개는 커지고, 몸은 더 우람해지고, 꼬리는 두껍고 길게 변했다.

실패작 스핑크스가 「머리 없는 용」 같은 괴물로 변모한 것이다.

날개 사자는 거대한 날개를 펼쳐 하늘로 날아올랐다.

"아무리 그래도 나는 건 비겁하지 않아? 호무라, 괜찮겠어?"

"지금은 힘들겠어요. 온몸이 아파서 불을 조종할 수가……."

"오케이, 빨리 도망쳐."

"죄송해요."

프로토는 비틀거리는 호무라를 보내고 날개 사자를 노려봤다.

날개 사자가 머리 날개를 펼쳐 결정에 마력을 담기 시작했다.

눈부시고 이질적인 빛이 조르광을 비췄다. 결정에 차오른 빛은 지금까지와는 비교가 되지 않는 규모였다.

지금까지 마장벽에 할애하던 마력을 마탄에 모조리 집중한 것 같았다.

"야, 내려와!"

프로토가 지붕 잔해를 던지지만, 날개 사자는 유유히 선회하며 어렵잖게 피했다.

"기껏 파워 업 했는데!"

하늘에서 마탄이 발사되면 어디에 맞든 일대가 붕괴한다. 지금까지보다 강력하다면 더 말할 것도 없다.

첫 발은 무조건 자신을 노릴 것이다. 그렇다면 오기로라도 버틸 수밖에 없다.

튼튼한 코어를 지키기 위해 더욱 튼튼한 금속 셸. 모성의 기술을 믿을 수밖에 없다.

드디어 때가 됐는지, 날개 사자의 결정이 프로토에게 향했다.

"역시 날 노리나."

프로토는 팔을 교차해 방어 태세에 들어갔다.

결정의 빛이 급격하게 부풀어 올랐다.

—온다!

그렇게 생각한 순간, 뒤쪽에서 높고 기묘한 소리가 들렸다. 찍찍거리는 쥐 같은 소리가.

소리는 훨씬 먼 곳까지 이어졌다.

그런데 다음은 땅이 울렸다. 땅울림은 점차 커지고, 아니— 다가오고 있었다.

"이건—."

그 정체를 깨달았을 때는 땅뱀이 뛰어올라 날개 사자를 들이박고 있었다.

강렬한 일격을 받은 날개 사자는 땅으로 떨어졌다.

"그때 그 뱀!"

왜 지금 여기에? 그렇게 생각하는데 땅뱀이 나온 구멍으로 무나가 빼꼼 튀어나왔다.

"저희가 유인했어요. 이와야네즈미라면 환장한다고 들어서요."

무나는 후후 웃고는 양손을 앞으로 조물거렸다.

"그런데 땅속에서 프로토 님의 고함을 들은 뒤로 저 뱀이 더 흥분했어요. 이것도 여러분의 인덕이겠죠."

"은혜 갚은 뱀이구나."

"저희도 도움이 된 것 같아서 기쁘기 그지없네요."

"잘했어! 최고야! 그래도 위험하니까 도망쳐!"

"네. 프로토 님, 무사히 돌아오세요."

프로토가 용기를 칭찬하자 이와야네즈미들은 서둘러 땅으로 들어갔다.

땅뱀은 날개 사자를 땅에 붙잡아 두듯 칭칭 감고 있었다.

"이번에야말로 끝내 줄게."

프로토는 성벽에 있는 **어떤 것**을 발견하고 피날레를 확신했다.

"포기해라! 백성에게 지지받는 내가 질 리 없어!"

모두에게 버림받은 아슈라프가 부르짖었다.

프로토는 날개 사자에게 빠르게 접근했다.

날개 사자는 결정을 지키려고 날개로 덮어 마장벽을 펼쳤다.

하지만 프로토는 견고한 마장벽이 있건 말건 방대한 에너지를 실은 주먹으로 날려 버렸다.

"뭐야?"

날개 사자가 당황한 것은 한순간뿐이었다.

"으하하! 우둔한 공격으로는 상처 하나 나지 않는다!"

날아간 날개 사자는 아무런 피해도 없었지만, 조르광 중심의 거대 결정에 격돌했다.

날개 사자는 거대 결정에 매달려 다시 마탄을 쏠 준비에 들어갔다.

한편, 프로토는 에너지 대부분을 지금 한 방에 소모해 무릎을 꿇었다.

"무의미한 공격에 그토록 힘을 쓰다니. 그 무지몽매함, 안타깝기 그지없군."

하지만 프로토의 진짜 목적은 타격이 아니었다.

"뱀아, 지금이야!"

바로 땅뱀이 날개 사자를 휘감아 거대 결정에 고정했다.

"동료가 없는 누구랑은 천지 차이지. 남을 돕는다는 건 이런 거야."

"멍청한 녀석! 네가 이긴 것 같나!"

아슈라프에게는 프로토가 땅뱀을 동료로 삼고 우쭐대는 멍청이로 보였다.

"네놈도, 뱀도, 나라도! 모조리 없애 주마!"

이미 나라를 위한다는 겉치레조차 잊고, 날개 사자는 결정을 변화시켰다.

머리에서 결정이 줄줄이 자라고 마구잡이로 마탄을 쏘려고 했다.

"멍청한 게 누구인지."

결정의 빛이 임계점에 달하려고 했다.

하지만 프로토는 움직이지 않았다. 움직일 필요가 없었다.

"크하하하하하! 나를 인정하지 않는 세계 따위 멸망하―."

아슈라프는 은색 전사의 뒤쪽 멀리 기묘한 구조물이 있다는 것을 알아챘다.

"뭐냐, 저건―."

멀리, 나라를 둘러싼 성벽 중 내성벽 위에 츠츠미가 있었다.

등에는 뼈 날개가 여러 개 자랐고, 옆에 있는 거대한 대포와 이어져 있었다.

기묘한 형태의 대포는 거대한 포탑이 있고, 뒷부분에는 골격과 검은 막으로 형성된 **풀무** 모양 구조물이 있었다.

츠츠미는 말했다.

"빵."

마력이 임계점에 달한 순간, 고속으로 날아간 거대 탄환이 날개 사자의 결정 중심에 커다란 구멍을 냈다.

츠츠미가 전에 사이코가 만든 거대 지네 전사를 흡수한 에너지를 한 발의 탄환에 실어 쏜 것이었다.

"네 말을 빌리자면 『멍청이의 일격』이야."

탄환은 거대 결정까지 관통해 결정 파편과 물을 흩뿌렸다.

"나한테 오이디푸스 같은 지혜는 없지만, 동료 복은 타고났거든."

프로토는 스핑크스 퇴치 전설에 빗대며, 정말로 움직이지 않게 된 아슈라프에게 승리를 선언했다.

에필로그　서프라이즈

By My Flame the World Bows Down
The Neighboring Nation, Silenced

싸움은 끝났다. 광장뿐 아니라 나라 전체가 조용했다.

마수도 어찌어찌 해결했나 보다.

"이제 진짜 끝났죠……?"

아슈라프가 쓰러진 뒤, 땅뱀은 프로토를 할짝할짝 핥고 돌아갔다.

호무라는 건물 뒤에서 나타나 상황을 살폈다. 아슈라프는 움직일 기색이 없었다.

"해냈다. 해냈어요, 프로토!"

아픈 몸을 이끌고 나온 호무라가 조르광을 위기에서 구한 주인공에게 찬사를 보내려고 했다.

프로토는 에너지 부족으로 건물 잔해 위에 쓰러져 있었다.

이미 거대 은색 셸은 사라졌다.

하늘을 우러러보는 프로토는 잠든 것처럼도 보였다.

그리고 그 뒤쪽에 있는, 몇 줄기 빛을 봤다.

호무라는 아무 생각도 하지 않고 달렸다. 전신에 퍼지는 격통 따위 아무래도 상관없었다.

그 빛은 아슈라프의 유해에서 흘러나오고 있었다. 결정뿐 아니라 기괴하게 부푼 몸에서도.

위험하다. 그렇게 직감했다.

"프로토!"

프로토의 팔을 잡지만, 축 늘어져 무거웠다.

"호무라…… 연약한 생명체 주제에 뭐 하는 거야……. 난 두고 도망쳐……."

"무슨 소리예요! 앞으로 동료의 손은 놓지 않겠다고 결심했다고요!"

"나는, 튼튼하니까……. 아마, 괜찮……을……."

"싫어요! 안 놔요!"

프로토를 끄는 손이 늘어났다.

"멀리서 봤어. 모처럼 거대 로봇이 됐으니까 그거로 개선하자. 나라 윗놈들, 깜짝 놀랄걸."

"네가 없으면 전투력이 불안하다."

사이코도 진도 만신창이일 것이다.

그래도 아슈라프에게서 멀어지려고 필사적으로 프로토를 끌었다.

하지만 빛은 한계에 달해 아슈라프의 몸이 순식간에 크게 팽창했다.

"나는 됐다니까!"

프로토는 마지막 에너지를 쥐어짜서 세 사람을 밀치려고

했다.

　—그 순간, 흰 덩굴 같은 것이 호무라 일행을 휘감아 냅다 들어 올렸다.

"어, 뭐야뭐야뭐야!"

그와 동시에 갑자기 나타난 허연 벽이 일행을 둘러쌌다.

그 직후, 충격이 일행을 덮쳤다. 아슈라프가 폭발한 모양이었다.

폭발의 충격은 벽 너머로도 강렬하게 전해졌다.

벽이 없었으면 위험했다. 그것밖에 알 수 없었다.

당혹스러워하는 네 사람에게 소심한 목소리가 들렸다.

"괜찮아……?"

츠츠미가 굴러다니는 네 사람을 내려다봤다.

"츠츠미!"

잘 보니 츠츠미가 날개를 변형해 밧줄과 벽을 만든 것이었다.

"살았다……."

날개가 츠츠미의 몸으로 들어가자 폭발의 참상이 여지없이 드러났다.

아슈라프는 흔적도 없이 사라졌다.

"안 늦어서, 다행이야……."

"츠츠미가 있어서 살았어—!"

호무라는 츠츠미를 확 끌어안았다.

"프로토도 잘했어요!"

프로토도 가슴에 안았다.

"옳지옳지, 착하다, 착해!"

두 사람을 쓰다듬는 호무라는 프로토가 저항할 줄 알았다. 오히려 그것을 기다리기까지 했다. 또 평소처럼 건방지게.

하지만 프로토는 쑥스럽게 웃을 뿐이었다.

그건 그것대로 좋았다.

"우리가 해냈어요!"

"그래. 정말로 해냈네, 우리가."

"설마 나라의 동란을 잠재울 줄이야."

"열심히 했어……!"

그리고 마지막으로, 프로토가 말했다.

"응, 정말 이 다섯 명이라 다행이야."

호무라는 놀랐다.

"한 번 더 말해 주세요!"

프로토가 확실하게 그런 말을 할 줄은 생각지도 못했다.

"이젠 안 해~."

하지만 이미 평소의 건방진 프로토로 돌아와 있었다.

프로토는 호무라의 품에서 도망쳤고, 호무라는 그것을 쫓는다.

서로 빌빌대는 상태로.

"한 번이면 돼요!"

"싫어~."

"제발 한 번만—!"

쑥대밭이 된 광장에 웃음소리가 퍼졌다.

예상 밖의 사건이었지만, 이번에야말로 쿠데타가 마무리되어 무너진 궁전에서 간소한 연회가 열렸다.

"연회는 기쁘지만, 이렇게 바쁜 시기에 괜찮을까요? 게다가……."

승리를 진심으로 축하할 수 없는 것은 호무라뿐 아니라 왕자도 마찬가지였다.

"네. 형님은 타계했습니다. 구하고 싶은 마음은 있었지만, 악인에게 혹한 시점에서 말로는 정해져 있었겠죠. 저도 슬프긴 합니다. 그래도 지금 여러분에게 감사하지 않으면 기회를 놓쳐요. 바로 돌아갈 생각이시죠?"

"가야지. 일이 완전히 끝났으니까 빈둥댈 시간은 없어."

"좋은 나라였어요, 조르광."

호무라는 이 나라에 미련이 남았지만, 사이코 말대로 임무가 끝나면 갈도르시아로 돌아가야만 했다.

"그 말을 들은 것만으로 충분합니다. 다만, 우리 식량고를 바닥 내지 말아 주시면 고맙겠는데요……."

왕자의 시선 끝에는 거리낌 없이 식사를 추가하는 츠츠미가 있었다.

음식을 나르는 이와야네즈미가 끊임없이 왕복하는 중이었다.

"여러분이 없었으면 멸망했을 나라라고는 하지만……."

"이따가 잘 타이를게요……."

호무라는 고개를 연신 숙였다.

"와아, 설마 전설의 땅뱀이 나라를 구해 줄 줄 누가 알았겠어요? 제가 불러오고 할 말은 아니지만."

무나는 전설의 순간을 목격해 흥분해 있었다.

"석상이 부서졌는데, 다시 만들 때는 땅뱀을 밟지 않게 해 주세요."

"네, 그러려고 합니다."

"그건 그렇고 나라 전역에 마수가 나왔는데 용케 전부 퇴치했네요."

진과 사이코에게 눈길을 보냈다.

"아, 그거 말인데……."

"우리는 거의 해치우지 않았다."

"우리는 단단한 녀석 하나뿐이었지."

두 사람이 확실하게 말하지 않자 함자가 한 걸음 앞으로 나왔다.

"그건 내가 말할게."

함자가 사건의 경위를 설명했다.

"내가 말한다고 했지만, 사실 나도 거의 몰라. 갑자기 처음 보는 남자가 나타나서 마수를 척척 해치웠어."

"처음 보는 남자……?"

자신들이 모르는 곳에서 활약한 수수께끼의 인물이 있나 보다.

"후드로 얼굴을 가려서 어떻게 생겼는지도 몰라. 다만, 그 녀석은 마수를 전부 해치운 뒤에 『뒷일은 맡기겠다』라고 말하고 떠나려다가, 픽 쓰러졌어."

"쓰러져?"

점점 더 알 수 없었다.

"그냥 빈혈이니까 괜찮다고 했지만, 일단 우리 동료가 부축해서 여관으로 대피시켰어. 그래서 방금 감사를 전하러 갔는데 이미 없더라고."

"우리 말고 조르광을 구하려던 사람이 있었네요……."

그 남자를 만나고 싶다. 함께 힘을 합치면 어떤 역경도 극복할 수 있다. 이번 사건으로 호무라는 세계에서 희망을 발견했다.

언젠가 마왕을 쓰러뜨리고 세계에 평화를 가져오겠다. 원하는 대로 살기 위해서.

……그렇게 생각하는데 루트프가 다시 입을 열었다.

"그래서 지금 건네 드리고 싶은 게 있어요."

루트프는 측근에게 신호해 어떤 것을 가지고 오도록 했다.

"이건 화평 조약의 교섭 내용이 적힌 문서예요. 그리고 이건—."

"이건……!"

건네받은 물건은 실제보다 무겁게 느껴졌다.

"네, 왕의 증표입니다."

"괜찮아요? 역사나 전통성 같은 게 있지 않아요……?"

"네. 먼 옛날, 건국 당시부터 계승된 목걸이예요."

"그런 걸…….."

호무라는 목걸이를 바라봤다. 자잘한 흠집이 나 있고 모서리는 닳아 있었다.

건네받을 때 느낀 무게는 역사의 무게였다.

"이건 제 각오예요. 그리고 그런 게 없어도 제게는 함께 싸워 줄 동료가 있어요. 형태뿐인 증표는 저한테 필요하지 않아요."

루트프는 동료와 미래를 믿는 얼굴이었다.

"그 마음, 반드시 전할게요."

"잘 부탁드립니다."

"그럼, 더 머물면 너희한테 방해만 되니까 이만 가련다."

"나랏일, 열심히 하세요. 다음에 만날 때는 『폐하』겠네요."

"그럼 열심히 해."

호무라에 이어 프로토도 짧게 말하고 미소 지었다.

"네, 프로토 씨도 잘 지내시고요."

호무라 일행은 아직 더 먹으려는 츠츠미를 끌고 나와 모두의 배웅을 받으며 조르광을 떠났다.

돌아갈 때는 평소처럼 프로토가 마차를 끌었다.

올 때 마차를 끌지 않은 이유는 마음에 안 드는 녀석이 탄 마차를 끌고 싶지 않아서였다고 한다.

고역이던 야영도 지금은 동료가 있는 것만으로 즐거웠다.

맛없던 식사도 웃어넘겼다. 땅뱀도 멀리서 배웅해 주고 있었다.

워트림을 지나 이제는 갈도르시아로 가는 일만 남았다.

호무라 일행은 동료와의 인연을 확인하듯 마차의 흔들림을 즐겼다.

"그나저나 왜 이렇게 우리한테는 고난이 찾아올까요?"

기적적으로 재수 없는 일만 일어난다.

하지만 이야기의 주인공 같아서 호무라도 싫지만은 않았다.

"더는 없었으면 좋겠어. 이번에는 정말로 부서질 뻔했다니까."

"츠츠미도, 배 많이 고파⋯⋯."

"지금은 영웅의 개선이야. 더 즐겁게 생각하자고. 분명 온 나라가 불타오를 화끈한 파티가 열릴 거야."

온 나라가 불타오를 화끈한 파티. 갈도르시아에서 출발할 때 사이코가 구르도프에게 한 말이었다. 사이코는 꽤 들뜬 듯 보였다.

"아아, 돌아가면 당분간 일하고 싶지 않아요."

호무라는 몸에서 힘을 쭉 뺐다.

"솔직히 무서웠다구요. 나라를 함락하라니."

이번 일로 조금 자신감이 붙었지만, 그건 그거고 이건 이거다.

느긋하게 쉴 시간도 필요했다.

"무슨 약한 소리야? 이 다섯 명이라면 어떤 역경이 와도 괜찮겠지."

호무라는 마부석으로 몸을 내밀었다.

"프로토! 나중에 귀여워해 줄게요!"

이 다섯 명이라서 다행이라던 프로토의 말을 떠올렸다.

그 말을 한 뒤에는 평소의 프로토로 돌아와 건방진 말만 쏟아냈지만.

그것을 다시 말해 줘서 호무라는 가슴이 따스해졌다.

"이런 거 안 믿었는데, 역시 우리가 만난 건 운명이었겠지."

"프로토⋯⋯!"

기쁜 말이 이어졌다.

"또 역경이 찾아와도 다 함께 극복하자! 우리가 힘을 합치면 최강이니까!"

"그만해요! 이런 노골적인 복선 깔기!"

기쁜 말이 너무 이어져서 불안해졌다.

아니, 불안을 부추기고 있었다.

"아하하! 역시 호무라는 놀리면 재밌어."

"뭐예요, 정말……."

한숨을 쉬면서도 호무라는 표정을 풀고 프로토의 뒷모습을 바라봤다.

가능하다면 이 시간이 영원히 이어지기를.

"살아 돌아와서 다행이네!"

갈도르시아에 당도하자 구르도프가 눈물을 흘리고 있었다.

망루에 있는 보초가 알려 줘서 한달음에 달려온 모양이었다.

"아무렴! 그보다 파티는 준비했어? 온 나라가 불타오를 만큼 화끈한."

"그런 걸 할 수 있을 리가 없잖나!"

구르도프는 울면서 고함쳤다.

이번에는 평소와 달리 처음부터 무리한 임무였다.

호무라 일행의 무사 귀환을 확인하고, 구르도프의 눈에서 안도감이 눈물로 흘러내렸다.

"말했죠? 누가 우리를 막겠냐고."

눈물을 흘리는 구르도프에게 호무라는 조르광에서 있었던 일을 여차여차 들려줬다.

"설마 화평 교섭을 끌어내다니……. 너희는 항상 내 예상을 뛰어넘는군."

구르도프는 호무라 일행에게 미소 지었다.

"보란 듯이 해냈어요, 우리 나름의 방식으로."

안도하는 구르도프에게 호무라는 화평 교섭의 요체를 휙 건넸다.

"이건 뭔가…… 목걸이? 생각보다 무겁군."

"조르광 건국 때부터 계승된 왕의 증표예요. 거기에 조르광 국민의 목숨이 걸려 있어요."

"그런 걸 쉽게 넘기지 마!"

"그치만 이제 내려놓고 싶다고요, 그런 중압감!"

중압감에서 해방된 호무라는 드디어 숨통이 트이는 기분이었다.

"차기 국왕의 각오니까 잃어버리지 마세요!"

"크게 떠들지 말게, 나쁜 녀석들이 들을지도 몰라!"

땀이 줄줄 흐르는 구르도프는 왕의 증표를 몸으로 감싸

듯 들었다. 「소중한 것을 가지고 있어요」라고 나쁜 녀석들에게 온몸으로 광고하는 꼴이었다.

"후우, 드디어 마음의 짐을 내려놨어……."

여러 일이 일어났고, 일어나고 있지만, 우선은 쉬고 싶다.

호무라는 기지개를 쭉 켰다.

그리고 봤다.

하늘을 선회하는 날개들을.

쏟아지는 불덩이를.

그리고 들었다.

위기를 알리는 종소리를.

"뭐―!"

갈도르시아에 불길이 치솟는다.

그 참상을 보고 사이코가 말했다.

"오, 뭐야. 준비해 뒀잖아, 『온 나라가 불타오를 파티』."

"농담할 때냐아아아아아아아아아아아아아―!"

구르도프의 고함이 갈도르시아에 울려 퍼졌다.

■ 작가 후기

스메라기 히요코입니다.

야아, 경사네요.

뭐가 경사인지, 독자 여러분은 이미 알고 계실 테죠.

맞습니다.

원형 탈모가 나왔습니다.

관심 없다고요?

Mika Pikazo 선생님의 일러스트는 언제 봐도 훌륭하네요. 귀엽고 멋있고 박력 있는 일러스트, 항상 감사합니다. 특히 컬러 페이지는 제 방 벽지로 쓸까 싶을 정도입니다. 그래도 비용이 너무 많이 드니까 그냥 등에 새기려고요. 거짓말입니다.

이번 배경 일러스트는 야요이 가루타 선생님이 그려 주셨습니다. 부드러우면서도 박력 있는 풍경 일러스트죠? 야요이 가루타 선생님은 판타지 풍경을 굉장히 잘 그리는 분이라서 일러스트를 보기만 해도 모험을 떠나고 싶은 기분이 듭니다. 그 기분을 잊지 않도록 등에 새기겠습니다.

거짓말입니다.

만화도 계속 진행되어 마침내 원작 1권 마지막 부분까지 왔군요. 만화 담당 코유키 선생님이 그리는 전투 씬, 정말로 좋아합니다. 그리고 가슴도 좋아합니다. 정말 좋아합니다. 코유키 선생님이 그리는 가슴이 너무 좋아!

일러스트도 만화도 소설과는 표현의 방향성이 다르지만, 정말로 많은 공부가 됩니다. 설정을 녹여 내는 방법이나 그림을 매력적으로 보여 주는 방식은 특히 중요한 장면을 쓸 때 참고합니다. 글을 읽으면 그 광경이 머리에 쫙 펼쳐지도록 쓰고 싶어요. 저는 아직 미숙하니까 그 기술을 훔쳐 배우겠습니다. 헤헤헤…….

그리고 원형 탈모 완치보다 기쁜 일이 있습니다.

지금 화무세의 게임화 기획이 진행 중입니다!

타이틀은 『Mayhem Maidens』며, Steam에서 판매한다고 합니다.

타이틀의 뜻은 「난리 피우는 소녀들」로, 화무세에 딱 들어맞고 라임도 맞아서 멋있네요!

정말로 기뻐서 머리가 벗겨졌습니다. 머리털이 세 가닥 정도밖에 안 남았어요.

무엇보다 도트로 그려진 주인공 일행이 너무 귀여워요! 발발 뛰어다니고 대기 모션도 디테일이 살아 있습니다.

저는 원작자라서 감수 작업을 맡았는데, 와아, 원작에 대한 사랑이 전해져서 항상 작업이 즐거워요. 대기 모션 하나만 봐도 자잘한 설정까지 묘사되어, 같은 창작자로서 그 역량에 압도당했습니다. 으어어.

오리지널 마물 감수는 특히 신이 났습니다. 크리처에 관한 설정이나 조형은 정말로 좋은 공부가 됐습니다. 언젠가 베끼…… 역수입하고 싶네요.

게임 시스템도 단순한 듯하면서 깊이가 있어, 시간이 살살 녹는 게임이에요. 만약 판매되면 제 일상은 『Mayhem Maidens』에 지배되겠죠.

어떡하지, 너무 기대돼…….

다들 기대해 줘…….

같이 게임의 늪에 빠지자…….

관계자에게 전하고 싶은 감사의 말은 아직 많지만, 이번 후기는 4페이지라서 여기서부터 본편 이야기를 할게요! 스포일러는 없어요!

4권은 프로토 편이었습니다.

프로토는 의연하게 행동하지만, 속으로는 고독감에 고뇌합니다. 다른 동료들보다 먼 세계에서 왔으니까요. 머나먼 지구에 도착했더니 이번에는 머나머나먼 이세계에……. 쓸쓸하지 않을 리 없지요.

프로토가 다다른 결론은 유명한 SF 영화 『인터스텔라』에 영감을 받고 썼습니다. 프로토의 과거와 현재를 잇고, 행복으로 가는 길. 그 한 줄기 선을, 기계의 몸은 가지지 못했다고 생각한 거죠.

이번에는 프로토를 깊이 파고들어서 즐거웠습니다.

참고로 4권을 쓰면서 생각했는데 저는 의외로 퍼리 소질이 있는지도 모릅니다. 아니, 애초에 인간 아닌 것을 좋아했었지.

아무튼 더는 여백이 없네요! 그럼 5권에서 다시 만나죠.

다음 권은 츠츠미가 힘내는 편! 호무라는 엄청난 중요 인물과 만나고 이야기에도 큰 변화가 찾아옵니다! 기대해주세요~.

내 화염에 무릎 꿇어라, 세계여 4

초판 1쇄 발행 2025년 12월 10일

지은이_ Sumeragihiyoko
일러스트_ Mika Pikazo
옮긴이_ 김장준

발행인_ 최원영
본부장_ 장혜경
편집장_ 김승신
편집진행_ 권세라 · 최혁수 · 김경민 · 최정민
편집디자인_ 양우연
국제업무_ 박진해 · 조은지 · 박지현 · 남궁명일
관리 · 영업_ 김민원 · 조은걸

펴낸곳_ (주)디앤씨미디어
등록_ 2002년 4월 25일 제20-260호
주소_ 서울시 구로구 디지털로 32길 30, 코오롱디지털타워빌란트 1301-1308호
전화_ 02-333-2513(대표)
팩시밀리_ 02-333-2514
이메일_ lnovellove@naver.com
L노벨 공식 카페_ http://cafe.naver.com/lnovel11

WAGA HOMURA NI HIREFUSE SEKAI Vol.4 RINGOKU, DAMARASETEMITA
©Sumeragihiyoko, Mika Pikazo 2025
First published in Japan in 2025 by KADOKAWA CORPORATION, Tokyo.
Korean translation rights arranged with KADOKAWA CORPORATION, Tokyo

ISBN 979-11-278-8541-0 04830
ISBN 979-11-278-7801-6 (세트)

값 8,500원

왕의 프러포즈 1~7권

타치바나 코우시 지음 | 츠나코 일러스트 | 이승원 옮김

쿠오자키 사이카.
300시간에 한 번 멸망의 위기를 맞이하는 세계를
항상 구해온 최강의 마녀이자,
마술사가 다니는 학원의 수장.
"—너에게, 내 세계를 맡기겠어—."
그리고—
쿠가 무시키에게 신체와 힘을 물려주고, 죽음을 맞이한 첫사랑 소녀.
무시키는 사이카의 종자인 카라스마 쿠로에로부터
사이카로서 누구에게도 들키지 말고 학원에 다니란 지시를 받지만…….
클래스메이트와 교사에게도 두려움을 사고,
재회한 여동생에게서는 오빠를 좋아한다는 상의를 받는
파란만장한 생활이 기다리고 있었다!
게다가 긴장을 풀면 남성으로 돌아가기 때문에,
여성과의 키스가 필수 불가결한데?!

신세대 최강의 첫사랑!

©Tsuyoshi Yoshioka 2022
Illustration:Seiji Kikuchi
KADOKAWA CORPORATION

현자의 손자 1~17권

요시오카 츠요시 지음 | 키쿠치 세이지 일러스트 | 김덕진 옮김

사고로 죽었을 청년이 갓난아기의 모습으로 이세계에서 환생!
구국의 영웅 「현자」 멀린 월포드에게 거둬진 그는 신이라는 이름을 받는다.
손자로서 멀린의 기술을 흡수해가며 놀라운 힘을 얻게 된 신이었지만,
그가 열다섯 살이 되자 할아버지는 이렇게 말했다.
"상식을 가르치는 걸 깜빡했구만!"
이런 이유로 신은 상식과 친구를 얻기 위해
알스하이드 고등 마법학원에 입학하게 되는데—.

『규격 외』 소년의 파격적인 이세계 판타지 라이프, 여기서 개막!

데스마치에서 시작되는 이세계 광상곡 1~32권, EX

아이나나 히로 지음 | shri, 나가하마 메구미 일러스트 | 박경용 옮김

한창 데스마치를 치르던 프로그래머 스즈키 이치로(29).
『사토』란 닉네임을 쓰는 그가 잠시 잠들었다 깨어나 보니
듣도 보도 못한 이세계에 방치되어 있었다!
혼란에 빠질 틈도 없이 눈앞에는 처음 보는 괴물의 대군이 다가오고,
하늘에서는 유성우가 쏟아진다.
정신을 차리고 보니, 최강 레벨의 힘과 막대한 부를 손에 넣었는데……?!
이렇게 사토의 「유유자적, 가끔 시리어스, 그리고 하렘」인
이세계 모험담이 시작된다!!

**최강 레벨과 막대한 재보를 가지고
시작되는 유유자적 이세계 관광!!**

라이트노벨의 새로운 빛! ㄴ노벨의 신간은 매월 10일에 발매됩니다. http://cafe.naver.com/lnovel11

©Kotobuki Yasukiyo 2021
Illustration : JohnDee
KADOKAWA CORPORATION

아라포 현자의 이세계 생활 일기 1~15권

코토부키 야스키요 지음 | JohnDee 일러스트 | 김장준 옮김

정리해고 당한 후, 매일 밭을 돌보며 『제로스 멀린』으로서
게임에 빠져 살던 백수 아저씨, 오사코 사토시(40세).
오리지널 마법을 만들어 명실상부 톱 플레이어가 된 그는
최종 보스를 무난하게 공략하지만
로그인 중 발생한 어떤 사고로 생을 마감한다.
그는 홀로 죽었다고 생각했지만,
정신을 차리고 보니 거대한 산림 지대의 한가운데에 서 있었다.
이세계 여신의 말에 따르면 그는 게임 속 능력을 이어받아 전생했다고 한다.
대산림 지대에서 서바이벌을 거치고 전(前) 공작 노인과 만난 제로스는
현자로서 능력을 인정받아 마법을 쓰지 못하는 소녀의
가정교사 일을 의뢰받는데—?!
"나는 평온한 일상이 인생의 모토인데……."

마흔 살 현자의 이세계 생활 일기 개시!

라이트노벨의 새로운 빛! L노벨의 신간은 매월 10일에 발매됩니다. http://cafe.naver.com/lnovel11